なぜ、猫とつきあうのか

吉本隆明

講談社学術文庫

目次

本文装画　ハルノ宵子

なぜ、猫とつきあうのか

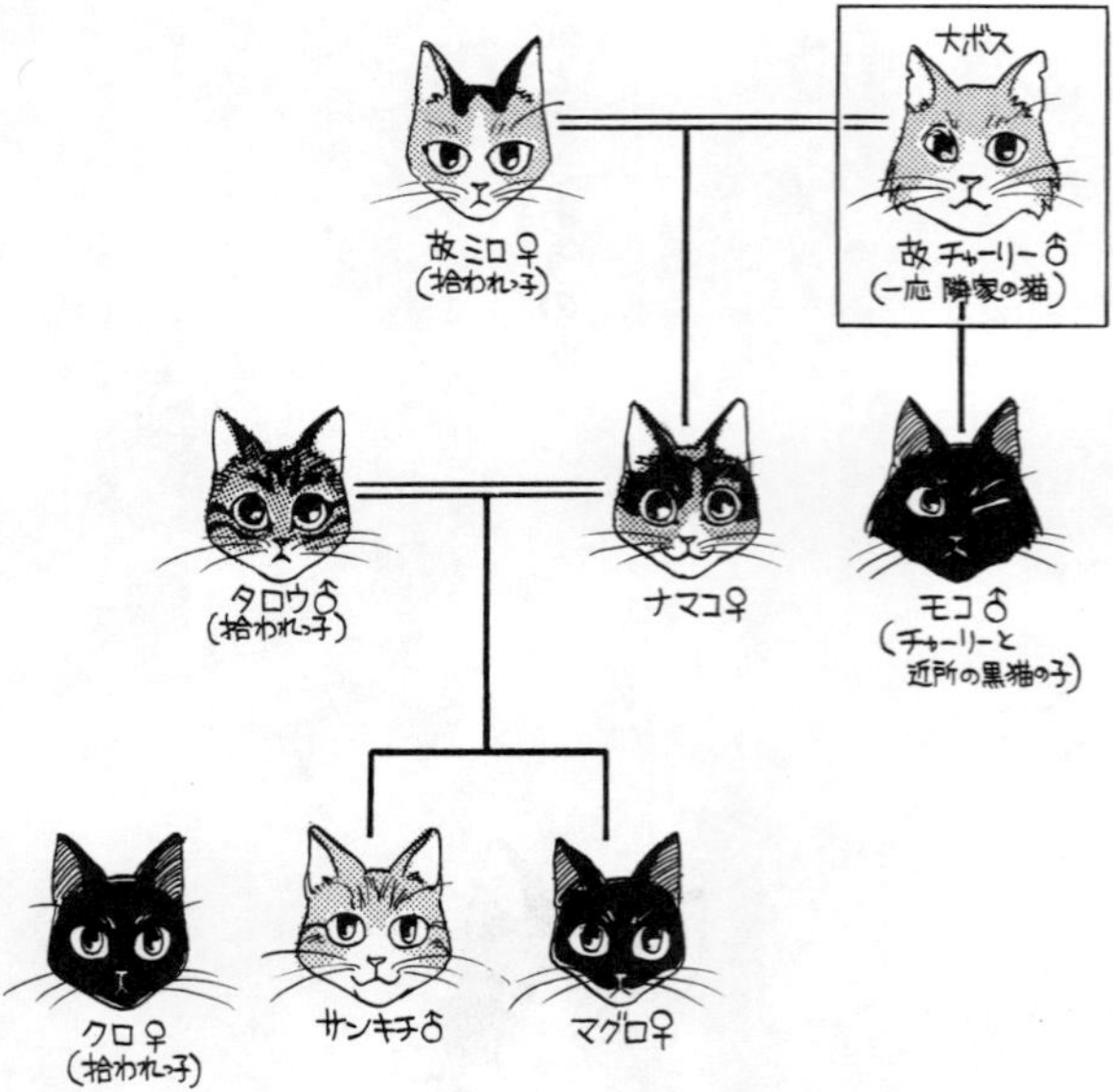
大ボス
故ミロ♀
(拾われっ子)
故チャーリー♂
(一応 隣家の猫)
タロウ♂
(拾われっ子)
ナマコ♀
モコ♂
(チャーリーと
近所の黒猫の子)
クロ♀
(拾われっ子)
サンキチ♂
マグロ♀

吉本家の猫の家系図

I

なぜおまえは猫が好きなんだ、というふうに言われたら、存外
こっちのひとりよがりで……

猫の家出

うちにいたモコという黒猫ですが、ふとある日いなくなっちゃいました。猫はそんなとき二度と帰らないと子供のときからおもってきました。親からもそう言われていたけど、お年寄りになって、死ぬときは、猫はふっといなくなっちゃって、どっかで死んじゃうんだとおもってました。だから死ぬときってなかなかわからないんだという先入見をもっていたんです（吉本家の猫の家系図は八頁を参照）。

だけど、うちの猫で一匹真っ黒なペルシャの入っているモコという猫がいたんです。片目なんです。うちに大工さんがお風呂を直すって毎日きてたときです。よく見たら風呂場の柱が湿気で腐っているとか、それも直さなくちゃとか言いだして、二十日間ぐらい毎日のように大工さんが来ていたんです。こっちも習慣どおり、十時と、お昼と、それから三時にお茶と食事を出して、それを二十日間ぐらい続けてたら、もう何かほかのことなんかやってられないみたいになっちゃって、つい猫の扱いがおろそかになったんですね。そうしたらそのモコという黒猫がプイッと家出しちゃったんですよ。ほかの猫は大工が来ると、そこら辺で遊んで、いなくなって、大工が帰ると帰ってくる。その猫だけはプイッともういなくなっちゃったんです。子供のときからの経験では、もう帰ってこねえとおもったんですね。だから半ばあきらめたんだけど、気分が悪いわけですよ。僕もそうだし、子供もそうだったんだけど、おろそかにしたというのはわかっている。大工さんの世話にかまけちゃって、二十日間もおろそかになったってわかっているから、気分が悪いんですね。この辺、寺の周りとか、向こうの道路までとか、子供も探して歩いたし、僕も探して歩いたりしたんですが、杳《よう》として影はないわけです。ふだん野良猫で、ここら辺に来るような猫は、行くといるんですね。プイッと行っちゃった黒猫だけはいないんですよ。見つからんので、そういうとき切実に何か発信機みたいのをつけて、ピーピーなんてやって、あ、ここにいるここにいる、というのを映像でやってみたくてしようがない気がしたんです。つまり、どこにいるか全然わからないんですね。

つまり、この地域というか、このあたりで見つからない……。

そうですね。どの圏内まで行くものなのかね。どの圏まで行って、そこを越えちゃおうとするときはどこいら辺まで行くんだろうかというのは、まるでわからないですね。それでもうあきらめていたら、十日ぐらい経ちまして帰ってきたんです。もともと片目だったんですけど、その片目をまたけんかしてひっかかれたんですね。そこがもう化膿しちゃって、よたよたしながら帰ってきたんです。そんなことは僕の猫の理解の範囲だったらあり得ないことなんですね。だけど帰ってきたんですよ。化膿しちゃっているから痛いんでしょうね。ぐったりしてすぐ眠るんだけど、ときどきヒャッなんて悲鳴を上げて目覚めて、眠いからまたぐうっとするんだけど、また痛がって。これはやっぱり病院もんだというんで、病院へ連れて行って、化膿をとめてから、縫っちゃわないとだめですよ、と言われたんですね。その手術してもらって、また元気になりました。それからまた男の子ですから女の子をあさりに行くわけですね。それしちゃまたけんかして、また今度片っ方の目をやられてきたんです。両目やられちゃうよというぐらいはれてきたから、また病院に連れて行ったんです。要するに眼球の裏の方が化膿していて、それを摘出してきたんですね。ひっ掻くといけないからおりの中でも、あったら入れといて絶対出さないようにしてくれって言われて、そうしたんです。もうそんなところに入れておさまってないんですね。夜中でも何でもニャーニャーニャーニャーいって、絶対家から出さなきゃいいんだろうってことで、部屋の出入りを自由にさせると、もう至るところ鳴きながら出たがって、ちゃんとしたところでおしっこや何かもしない。どうしようもないっていうんで、帰らなかったらそれまでだというんで、また放してやったんです。そしたらまた二、三日経っても帰ってこないんですね。そして今度はもうだめだとおもったんですが、ちょうど若王子さん(1)が解放された日と同じ昨日。

昨日ですか。

昨日帰ってきたんです。うちの若王子さんということになって（笑）、うちの若王子さんが帰ってきた。それでいまもいますけどね。

今日はいるんですか。

ここいら辺でちょっと寝て、子供の部屋でゆうべは寝て、いままたどっかに遊びに行っちゃったんでしょう。

そのとき、傷は……。

入院したときの傷よりよくなって、手術の切り跡なんか口開いてたんだけど、それもよくなってて、わりに元気そうにして帰ってきたんです。だからワーッなんて感激しました。

そうすると帰ったり出たり、けっこう繰り返されたわけですね。

繰り返されましたね。でも、その猫が専門でやってますけどね。結局ほかの猫は赤ちゃん産んでから、あと去勢したりしていましたが、その猫だけはしていないんですよ。だから出て行っちゃうんです。野良猫で捨てられてたのを子供が拾ってきて、そのまま居ついた猫もいます。それはなかなか警戒心が強く、うちとけなくて、うちの子供にしか本当はなつかないんですね。知られているようにみえて、猫ってどこまで行動半径があるのかとか、そんなふうに家出しちゃったときに、どんなつもりなのか、わからないですね。自分のテリトリー[2]をもう捨てる気になって、ほかのところへ行ったんだけど、行ってみれば撃退されちゃって挫折して、またひっかかれて傷負って帰ってきたのか。そんなことは本当はわかってないんですね。ただ、十日ぐらい帰ってこなかったんですよ。だからどこで何をしてたか全然わからない。ただ、化膿しちゃって、よたよたしながら帰ってきたんです。だからああいうときはどんなふうにおもって何を目的に出て行っちゃったか、何するつもりなのか、さっぱりわからないんですね。

猫のイメージ

猫と人間を同じレベルで語ることはできないんですけれども、どこかへ行っちゃうとか、猫がふだんの日常的なテリトリーを越えて生きていくというのは、おもしろいとおもわれますか。自由というような人間的な観念の言葉でカバーすることはできないとおもうんですけれども。

人間でいえば遊牧民みたいなもので、一所不住で、どっかに定住するっていうことがない、そういう生き方って日本の昔からのことでいえば、陸の遊牧民と海の放浪民ていうのと二種類あって、海の放浪民ていうのは、漁場があるとそこの漁場で魚をとって、近いところの海岸に船を寄せて、そこでとった魚は海岸に近い村の人に売って、自分はたとえばかわりにお米もらうかみたいにして、それでまた次の漁場へ行っちゃうんですね。つまり、家船なんでしょう。また行った漁場で魚をとって、また交換して、また次の漁場へ行ってという感じで、定住しない漁業民ていうか、昔の言葉で言えば海部《あまべ》(3)なんでしょう。そういうものがありますね。それから山の放浪民ていいましょうか、木地屋《きじや》(4)さんでもそうでしょうけども、きこり、猟師さん、山窩《さんか》(5)で山から山へっていうふうにして、そこの山で獲物をとったら里へ下ってきて、そこでお米とか何かと交換して、また次の猟場へ行っちゃうという感じで、山をずうっと放浪して、あまり定住しないっていう、そういう習慣を持った放浪民ていうのも日本にいました。両方いたとおもうんです。わりあいにそういう生き方と似てるんじゃないですか、猫なんかのやり方はね。犬だったらたぶん原則としちゃ定住するので、家につく場合でも定住しましょう。それからまた飼い主につく場合にも定住するので、そこで行動範囲をそういうふうにとるわけでしょう。猫の場合は僕はなかなか家自体を移動するということは難しいんだけども、でも、生活のあんばいとしちゃもう何か一所不住ずっとどこへでも行くというような形のとり方をしているんじゃないでしょうか。漁師さん全部が全部放浪民じゃないですし、猟師さんもそうですし、まして明治以降になったらそういう人たちもやや定住してきてしまいましたから、だいぶ変わってしまったんです。でも昔ながらの習慣ですと、そういう特別な生活習慣を代々保存してきた人たちがいて、そういう人たちの生き方がわりあい似てるんじゃないでしょうか。だから交渉の仕方も魚をお米とか何とかと交換したら、もうすっとまた行っちゃうんだけども、またある季節になると、漁場がそこら辺に近くなると、そこのうちへまた来てということになります。いま居ついている家を窓口にして、いろんな交換をやって、それでまた次の漁場へ行っちゃうというふうに移動する。猫なんかの場合には本能的に代々培われてきたものなんでしょうけど、人間の場合にはそれは習慣、風俗として強固に保存してきた人たちがそうだったということになるでしょう。似てるんじゃないでしょうか、猫なんかは。

もうひとつ何となく目につくのは、子供のときの猫のイメージと、いまの猫のイメージと違うなっていう感じです。これはたとえば漱石の『吾輩は猫である』[6]を読んでも、あそこに出てくる「猫」というのも、僕らが子供のときに持ってた猫のイメージととてもよく似てるんです。いま猫のイメージは、飼っていて違うなとおもいます。これは人間がそうさせたのか、猫社会といえどもやっぱり進化っていいますか、つまり生態として進化するというんじゃなくて、社会生活として進化することが、人間社会がそうであると同じように、あるということかもしれないですね。違うところは、動物的な生き方、行動の仕方としては、そんなに別に変わりがないのにもかかわらず、病気のかかり方とかそういうことっていうのが、ものすごく人間化しているような気がしてしようがないんですよ。もちろんお医者さんに連れて行きますと、人間の風邪なら風邪の場合の風邪薬っていうのと同じように、ちゃんと風邪薬みたいなの服《の》ませたりしますし、解熱剤の注射っていったら、人間と同じようにします。つまり治療自体がもう人間化しているんです。昔なんか、これは相互作用だとおもうんだけど、ちょっと猫が風邪ひいてくしゃみしているっていったって、ほっとけ、ほっときゃ自然に治っちゃうという観念でいたんだけど、いまは風邪ひいちゃうと鼻がきかなくなって、そうすると食べ物なんかにおいがしないもんだから、風邪ひいてないときより食べなくなっちゃうんですね。それが高じると心配になって、ちょっと医者へ連れて行ったりしちゃうんです、こっちの方が。だから猫の方も何か病気が人間並みになってくるというふうになっちゃうのかもしれないんです。弱い猫は弱い猫で、弱い猫っていうのはいるんだとか、こいつは風邪ひきがちだとか、何かそれぞれそういう意味で病にたいして人間的になっていますね。それはやっぱり人間が悪いのかともおもいます。子供のとき、漱石の『猫』でもそうですけど、そういう意味ではちっともかまっていないですよね。薬やったりもしないですし、ひとりで治させる、ほっときゃ治っちゃう。治らないのは死ぬかもしれないとかいって、それだけのことなんだけど、そういう意味の飼い方ができなくなってるでしょ。死んだときもそうですし、死んだらそこへ埋めちゃえとか、原っぱに持っていって埋めちゃえとか捨てちゃうとかっていうふうなことはしないので、ちゃんとそれ用の火葬してくれるところがあって、骨壺に入れたりして。

人間並みらしいですね。

そういうふうにしちゃうでしょ。またなっちゃってるでしょ。だから僕はそういうことは少し疑問を持つわけだけども。人間のヒューマニズムというのかどうか知りませんけど、ヒューマニズムっていうのが、やっぱりそれじゃ万物に、人間以外のものにも及ばなきゃいけないはずじゃないかっていうふうな発想をとりましょう。そして動物をかわいがる、いたわるっていういたわり方は、どうしても人間の習慣とか病の徴候とか、そういうものに従って、それにたいして手当てをするっていうことが、動物を愛護するっていう、猫をかわいがるとかいうことになるんだという考え方があるわけです。自分らにもそういうものが出てくるわけですけども、それもちょっと疑問な気がするんです。もっと高ずれば、イルカやクジラを殺すのはよくないっていうアメリカ流の考え方っていうのは、日本みたいにイルカやクジラは食べるものだっていうふうにおもってたところにとっては、なかなかきつい宣言になるわけですね。それで争いになります。そうすると向こうの極端な動物愛護主義者は、わざわざ船に乗ってやってきたり何かして、網を切っちゃったりとか、そういうところまでいくわけです[(7)]。そうするとやっぱり根本的な疑問といいますか、問題があるような気がするんです。そういう意味で人間が動物化し、動物が人間化するということは、何か愛とかそういうことに関係があることなんだろうかどうかって、どうもどことなく釈然としないものが残りますね。病気のときはとくに猫を人間化しちゃう感じですね。それから食べ物だって、子供のときだったらカツブシご飯をつくってやるぐらいが精いっぱいで、そうじゃなきゃあとはもうご飯に食べのこしのおかずを混ぜてやって、それでけっこう賄《まかな》ってたんだけど、いまでは刺身か何か買ってきて猫に食べさせちゃったりして、しばしば自分たちが食ってるおかずより猫の方がいいんじゃないかという疑問を感ずるときがわれながらあります。

こっちは人間用に何かおかずができていて、だけどおかずの質自体は猫にやった刺身の方がはるかにいいってことになるんじゃないかと、ちょっと疑問を感じたりしてね。ひとりでにこっちがそうなっちゃっているんです。猫のかわいがり方にもそれを感じますね。僕のところはさすがにそれはしないけども、猫に今度は洋服着せたりとか、ちゃんと理髪してとかってなってくると、また釈然としないわけですね。自分は少なくとも食べ物とか何かについては類似のことしてるくせに、そういう猫の飼い方をしている人を見ると、何となく反感を催したりするんです。だけどこれはちょっと奇妙な矛盾のようですね。だからそのへんは変わったなとおもいます。

『吾輩は猫である』のあの「猫」の飼われ方と今日《こんにち》の猫の飼われ方と、確かに変わってきたようにおもいます。それがどうして変わったかって、それは大問題になっちゃうかもしれないんですけども、やっぱり人間の意識が変わってきたからなんでしょうね。漱石の『猫』でも、猫が雑煮かなにかでもがいていて、漱石っていうか、主人が、「取ってやらんと死んでしまう、早くとって遣れ」と下女に言って、奥座敷へ行ってしまう。というくらいの、ああいうかかわり方が、昔としては普通だとおもうんです。

普通なんですね。いまはとうていだめ。大変なことになっちゃうから。だから何かそこらへんになってくると、僕はエコロジスト(8)の悪口ばかり言って、エコロジストの言い分も、またそういうふうに人間を見ていくと、社会とか文明の進み方みたいなのにつれて、手当てがよくなっていくように見れば見えるんだけど、何となく釈然としない問題を拡大していくと、エコロジストの主張になっていくのかなって、気分はよくわかります。われながら矛盾だなって感じます。でも、正直いって自分ではやってますね。着物着せるまではしないですけど、やっぱり手当ての仕方見ると、かなり自然に反するんじゃないかって実感ありますね。すると何となく猫の方もひ弱くなった気がしてね。子供のときは猫みたいにたくましくねえみたいな感じもしてたんですけどね。

さっきのお話でもう一つお聞きしたかったのは、片目がつぶれて帰ってくるっていうお話がありましたけども、僕はこれまで猫を飼ったことがないんですよね。

あ、そうなんですか。

僕は飼った経験がないんですけど、ただ人の家で猫の姿をときどき見て、猫のけんかっていうのはすごいなとおもったんですね。たとえば、もうほとんど脳みそが見えるぐらいで帰ってくる猫もいるんですよね。頭が割れちゃって。いまのお話でも目がえぐられちゃうわけですね。そういう闘争っていうか、けんかっていうか、それはやっぱり猫の闘争本能というものでしょうか。

やっぱりそこになってくると、どうなんだろう、習性もあるのかもしれないですが、知能が犬の方が発達しているんじゃないかな。だから飼い主がたとえば制御して、そんなのはだめなんだって、習慣づけていくと、納得するっていいましょうか、そんなところがあるんじゃないでしょうか。僕の猫の理解では、去勢みたいなのをしないかぎり、制御はきかないとおもいますね。つまり、飼い主の制御によって猫の習性が違っちゃうということは、まずないとおもいます。そうなれない。そうするとどうなるかっていいますと、本能的に女の猫は確か三ヵ月か四ヵ月に一回ぐらいは必ず妊娠しちゃうんです。妊娠すると三匹ぐらい子供産みますね。そうすると、子供がまだミャーミャー[9]いって、場合によってはお乳にかじりつくみたいなときに、もう次の三、四ヵ月で子供産んじゃう。生まれた子供の方も三、四ヵ月するともう子供産んじゃう。すると女の猫は繰り返して、とにかく老いさらばえるまでやめないですね。もう必然の勢いでもってやりますね。飼ってますとそんな感じがするもんですから、これはいかん、これじゃこの猫はもう、こういうふうにやって消耗して衰えてのびちゃうよとおもうもんだから、うちなんかの場合には一度子供を産んだ、一代目産んだっていうと、その後去勢してしまいます。そうすると必然の感じはとまりますね。必然的な回転みたいなものがとまりますけど、それをしないかぎりはもう老いさらばえるまでとまらないんじゃないでしょうか。男の方は逆で、去勢しないかぎりは、外へ出て行って、ほかの男の猫と鉢合せると、もう死闘を演じますね。うちの黒い猫なんかよく骨が見えるくらいガーッなんてやられたり、それから足の底のぼっちがあるでしょ。あそこを噛まれたり、噛まれて傷ついてびっこひいてきたりとかね。ですから噛まれるのはしょっちゅうです。毛が抜けちゃって膚が見えちゃう。そんなのはしょっちゅうです。頭とかそこらへんはとくにすごくて、噛まれたのか何か知らないけど、血がにじんで白い骨みたいなのが見えるみたいな、そういうのやってきますね。去勢しないかぎり、季節と天候条件と両方ありましょうが、必ずそうなっていきますね。そうすると毎日のように、帰ってきて食べ物を食べて、ときにはちょっとグーッと寝るときもありますが、寝たらまたすぐ起き出して行くわけです。そしてまたどっかでほかの猫と争って、また帰ってくるんです。それを毎日のようにやりますね。みるみるやせていきます。やせていって、それでつきが落ちるみたいにフッとある期間たったあとには、やまって、何日もうちで寝転んで、起きると食べて、また寝転んでというふうにやります。だけどその性の期間はほとんど毎日ですよね。毎日というのはただ一回ということじゃなくて、食べて、少し寝たかとおもったらまた出て行って、また帰ってきて、また食べて寝て、また出てってほとんどひっきりなしにやりますね。

それがある期間続いて、もうみるみるやせていきますね。それでもやめないですね。それを季節と天候ごとに繰り返しながら、男の方もやっぱり老いさらばえていく。だから必然の勢いで、それをとめることはちょっとできない。ワンちゃんの場合はたぶん人間が何か言い聞かせたり、ちょっとそれはだめだみたいに条件づけたりすると、それがきくんじゃないでしょうか。頭いいんじゃないでしょうか。猫の場合にはそれはきかないですね。もう去勢する以外に、そういう猫の本能か知りませんが、それの勢いと回転をとめることはできない気がします。それはものすごく感動するというか、感心します。あっ、こういうんだ、って。つまり、基本的に人間を流れている本能の流れみたいなものがあるとすれば、やっぱり同じなんで、人間はいろんな仕方でカバーをして覆いをかけています。意識とか理性とかいろんなもので覆いをかけているから、なかなかそれは見えてこないけれども、うんと底の方を流れているものは、むき出しにしたらこれなんじゃないかっていう感じがありますね。おおっ、とおもっちゃいますよね。あれをとめることはできない。必然に、一種感動します。

必然としての猫と、それから、食べ物とかが人間化する猫というのがありますね。猫にそんな意識はないのかもしれませんけども、かなりそのあらわれ方は違ってくるんでしょうか。

見ていますと、猫にも性格がありますし、それから意識ももちろんあるとおもいますね。ただ性格があるっていう場合に、人間だったら性格は個性っていうことになりますね。ところが猫っていうのは、そうとまで言えない気がするんです。つまり、種族がペルシャ猫[10]とか、シャム猫[11]とか、それから日本猫[12]とか、種族としての性格っていうのがあるとおもうんです。性格っていうのを個性にまでなかなかしぼりきれない。だからペルシャ猫っていうのは、だれが来てもかわいがるとすぐころっとあおむけになっちゃったりして、お腹なんかなでさせたりしますけど、そのかわりある限度以上は絶対に親しみを見せないですね。それは一般的にそうですね。ペルシャ種っていうのの一般的性格だとおもいます。個性ももちろん実際にはあるかもしれないけど、個性じゃなくて、種族としての性格っていうことが多いんじゃないでしょうか。だけど日本猫っていうのは、野良猫育ちだと逃げちゃう。うちの猫なんか育ちがそうだから、人が来たなんていったら人見知りしてターッて行っちゃう。それである親しみを見せるっていう段階になったら、本当にもう心から無警戒になっちゃう。しかし、ペルシャ猫なんか絶対しませんね。どっかでやっぱりちゃんと垣根があるような、そのかわりだれがあやしてもなれ親しんで、すぐころっとお腹なんかをなぜさせます。しかしこれはほんとになれてるっていう感じを、どうしても感じさせないところでとどまりますね。これは日本猫にはないですね。日本猫は人が来たらだれにでも親しみを持ってなんてことはないんだけども、一旦親しみを持っちゃったときは、もう本当にまったく無警戒で、気分が通じるみたいなそういう親しみになりますね。だからそういうのは人間だったら個性とか育ちとかからきた性格とかいろいろあるわけでしょうけども、それを個性っていうことにしぼれるとおもいます。個性の差って言えるようにおもうんだけど、猫の場合には種族としての性格の差っていうのはわりに言えても、個性としての差っていうのは、なかなか言いにくいんじゃないでしょうか。僕のうちの猫で、ミロというおばあさん猫っていうのは、やっぱりこれ相当人間化していて、人間の気持ちも察知するなっておもうんですけど、ほかの猫はそういうふうにちっともおもえないんですね。そのおばあさんから生まれた子供いるんですけど、そんなふうにおもえないんですね。だからそういうのはやっぱりその猫の特徴のような気がしますしね。それから猫によってやたらに食べ物の好き嫌いが違うのがあるんですね。魚っぽいのが好きな猫と、肉っぽいのが好きな猫っていうのもあるんですよ。そういう違いみたいなものはありますけどね。だから種族としての性格を持っているという面と、個性としての性格を持っているという面と、両方が猫にはあるような気がして、むしろ種族としての性格の方が表面的には勝っているんじゃないかなっていう感じはありますね。

前に私ちょっとアルバイトをしていたことあるんですね、朝。そしたら猫が集まっているのを見かけたんです。朝早いからだれもいないわけですよね。私が通って行くと、みんなが見るみたいな気がするんですけど、そのままそんなに驚いて逃げたりはしないで、そのまま続行しているんです。そういうのを何回か見かけたことがあって、母は飼っていましたが私自身は猫を飼ったことがないので、こんなことってあるのかしらって、すごく幻をみたような気がしたんですけども、猫の集会っていうのを後で何かで読んだときに、あ、これは、ああいうことだったんだなって、やっぱりどこでもやっているのかしらっておもったんです。私はすごく新鮮でびっくりしたんですけど。

ああ、そうですか。

吉本さんのおうちの猫もそういうことやられるんですか。

やってるときもありますよ。いまは六匹かな、六匹がどっか、たとえば目につくところに一匹いるもんだから、よっ、なんて呼ぶでしょ。で、よく見るとそのときちゃんと近くにいろんなところにすっとうずくまって何してるのか知らないけど、じっとしてヒュッなんて見てるんです。それであっちこっちとか下とか上とかそういうところにずっと寄りかたまっているときがありますね。それでときどき人のうちの猫もその中に入っている。そういうふうに集まって何をしているのかはよくわからないです。じっとして、つまり何もしていないように見えるんです。ただ、そこいらへんあっちのすみ、こっちのすみとか、道路のあそことか、塀のちょっと上とか、何か漫然とそういうように集まっているように見えるんだけど、でもやっぱりそういうことははたから見ると、完全に、意図的にって言うのはおかしいですけど、ちゃんと集まっているんだなって感じがするときがありますね。それはものの本を読んでいると、何か夜中ごろ近所の猫が大集会を開いているみたいなことがあるんだとかって書いてありますけど（笑）、それは僕はあまり見たことないからわかりませんが、昼間よくやってますよ。ただじっとしてるだけなんですから、何してるのかわからない。必ずいますね。で、やってますね。

私の見たときは地面にわりと楽な感じでみんないるんですね。円を描いているみたいにしていたんです。初めて見たときはびっくりしました。何か言葉っていうのか、確かめ合うっていうのがあるんでしょうね、きょうも元気だったと知らせて。

そうですね。気配としてはどうしても何か別々とはおもえないですよね。気配はちゃんと通じ合っているという感じを持たせるんですけどね、何をどうしているのかわからないんですね。

猫の場合、何か一種の社会というか、そういうものがやっぱりあるんでしょうか。

あるんじゃないでしょうかね。たとえば子供が散歩のときくっついていきますし、うちの猫は家の子供が呼べばスッとみんな寄ってきて、塀を乗り越えてあとさきくっついて歩きます。見え隠れしながらね。そうするとここの向こう側のお寺の塀沿いの家の猫も、やっぱり一緒にくっついてきますね。そういうこともあります。つまりふだんから横によく接触してるんですね。

この前、新聞で、遠くから帰ってきた猫の話[13]が出ていたんですけども、感動的なんですね。

感動的ですね。そんなこと僕にはちょっと信じられない気がします。

それで、その猫がメスの猫で、他の猫の縄張りを抜けて、その中をくぐり抜けて帰ってきたっていうんで、よけい感動的な感じだったんです。

そうでしょう。たぶんそうですよ。猫っていうのはテリトリーをつくっていて、そのテリトリーの中のその小さな区分けがあるんでしょう。漠然とボスの猫さんがいるんですね。たぶん、その界隈にすみつこうとすると、そのボスと妥協するか、それともけんかして負かしちゃうとか、それしないとそこにはすめないとおもうんです。そういうことがいたるところにあって、結局それを全部くぐってこないとやっぱり帰ってこられないです。僕も見たけども、ちょっと奇跡的というか、もう不可能に近いことやったなっていう感じがしますね。ただ、本当はよくわかりません。家出した猫だって十日間の間どこにいたかっていうのはわからないんですね。やっぱりどっかのテリトリーへ行ってけんかしたんだけど、だめだった。それだから次のテリトリーへ行ったんだけど、またそこもだめだった。結局傷がだんだん化膿してきて、自分でも調子悪くなってふらふらしながら帰ってきたっていうふうに想像するんですが、ほんとはどういうことかわからないんです。とても遠くから戻ってきたっていうの、ワンちゃんならわかりそうな気がするんです。猫の場合はほんとに珍しいことだと思いますね。

　犬が泳いで恋人に会いに行くっていうのを、見ましたけど。

僕も見ました。あれもすごいですね。あれびっくりしたな。

すごいなあっておもっちゃうんですよね。何か犬の場合はかわいらしさっていうのが出てきますね、目的に向かうときの一途さっていうか。猫の場合は別にそういうのはあまり感じなくて、自由奔放にやってる感じがしますけども、犬はめんどうみもすごくいいでしょ。この間、テレビを見ていると、犬が鳥のひなをいっぱい育ててるのがあって、遊ばせてるというか、すごくやさしいところがあるんですけども、猫はそういうのはかんがえられないというか。

めったにかんがえられないですね。うちの猫なんかおとなしい顔して、よく寺の境内の鳥とってきますね。何であんなに鈍い猫にとられるんだろうとおもうんだけど、やっぱりよく見てると、鳥っていうのはけっこう低いところをヒュッヒュッと飛んでいますよね。だからあれ陰できっとこうずくまってて、来るとフワーッて飛びついたらつかまることはあり得ますね。

ネズミはとりますか。

ネズミはいないのかとらないのかわかりません。もっぱら鳥ですね。鳥は大きいのはハトから。

ハトとるんですか。

ええ、ハトとります。それから小さいのは、何だろう。もちろんオナガみたいなのもとってきます。よくあんなにとられちゃうもんだなとおもうんですけど、とってきますね。ここら辺に、五、六種類かいるとおもいます。たいてい一度ぐらいはとってきたのみんなお目にかかっていますね。やりますね。そしてめったに食べないですね。まあ、食べるときもありますけど、食べないで、ほかの猫が大体寄ってきて、それでみんなでじゃれたりして、だれかがまたくわえていったりとかって、ほんとには食べないですね。でもとってはきますよ。一度、それもテレビで、あれは猫じゃなかったかな、ヤマネコみたいなのかピューマみたいのが、鳥をとるところをやったけど、やっぱり隠れるようにこんな低い姿勢してそばまで行くんですね。それでひそんでいて、鳥がバタバタッておりてきてエサか何かとってスッと上がるときに飛びかかっていますね。そうすると、すごいとおもうんだけど、もちろん逃げられちゃうときもあるんですけど、一度飛び上がって空中でサーッと体をひねるんです。それで鳥がかわせないっていうときもありますね。それでとられちゃってる。だからあれはすごいもんです。うちの猫はそんなじゃないけど、見てると、寺の木のところに、うちのが病気してから二階から見えるようにして、リンゴを置いておくんです。そうすると鳥がいっぱい集まってきて、なかなかにぎやかでいいんですけど、そんなときうちの猫がときどきひそんでいまして、やっぱり飛び上がって、逃げられたりします。でもたまにはとられちゃうんです。

一方で、猫の家族っていうんでしょうか、このあたりにいる猫の中でも、それぞれ親と子っていうか、そういう関係もあるんでしょうね。

あるとおもいます。もう亡くなりましたけど、この辺の猫の一番大ボスというのはうちの前の家にいたんです。そのチャーリーっていう猫は、ぼくらがここへ引っ越してきたときにはもう年寄りになっていたんですが、その猫がこの辺の大ボスで、この界隈の猫を取り仕切っていた。そうすると、僕の家の隣りの家は、猫が好きな家で、いっぱいいたんですね。その猫なんか見ていると、何かこのチャーリーっていう猫の血筋を引いてるなっていう感じがわかりました。だからたいていこの猫はだれとだれの子じゃないかとかっていうのは、何となくわかるような気がします。うちの猫もそうなんですね。これはだれとだれの子供だって、何となくそうだぜっていう感じがわかります。そうすると大ボスを頂点として、そういう家族とか仲間とかじゃないでしょうか。お猿さんみたいにはっきりはしていないんですが、漠然とは社会があるんじゃないでしょうか。うちの片目のモコという黒い猫も、そのチャーリーっていう前の家の猫と、隣りの隣りの家にいる、真っ黒い猫との子供じゃないかなって気がしてるんです。だけど僕の家の黒猫はこの辺のボスにはなりきれないんですね。貫禄がないんですよ。貫禄っておかしいですけど、要するにマザコンなんですね。マザコン猫でどうしてもだめ。チャーリーって猫はものすごく堂々たる猫で、もちろんほかのじぶんのテリトリーの猫に対しては寛容だし、貫禄があって、そういう猫がほかから来た猫にいじめられようものなら、すぐに追っぱらってやったりね。ただ、ひとつ、そのチャーリーっていう猫の弱点をいうんなら、やたら女好きだっていうことが弱点なんです（笑）。ほかのことはやっぱりこれは貫禄あるな、ボスたるの器だなっておもいましたね。その猫が一番ここら辺の大将だったんですよ。お年寄りになるまで出て行っちゃけんかしちゃまたっていうのやっていて、とうとう亡くなりましたけどね。

猫の死、人間の死

その猫が亡くなるとき、僕は猫っていうのは死ぬときにはどっかにいなくなって、どっかへ行っちゃって死んじゃうんだというふうに親から言われてたとおもうし、僕もそうおもい込んでたんですけど、その猫はそうじゃなかったですね。病気になったら、うちの子供がボール箱の下にホカロンみたいなのを敷いてやって、そのうえに布を敷いてやったら、そこにガタッとこういうふうに寝込みまして、何日かそう寝込んでて、ミルク持ってってもあまり食べたり飲んだりしなくなっちゃって、それで何日かして徐々に衰えていって、ある夜中にこれはだめだなってっていうふうになっていっちゃって、鳴く元気もなくなっちゃって。行くとチラッと目を上げて見るっていうぐらいになって、しかしそのまま大往生というのか、スッと死んじゃいました。それはお寺に持っていって埋めちゃったんですけど、僕は初めて猫がちゃんと死ぬところを見ましたね。へえっとおもって、猫もこういう死に方やっぱりあるんだとおもいました。死んだとき大往生というか、堂々たるもんでっていいますか、ほんとに寝込んだままでスーッと眠るがごとくに死にましてね。貫禄もあるし、性格もおっとりいい性格で、そういうボスだったんですね。

うちの黒猫っていうのは、もともとは隣りの隣りの家の猫だったのを、子供のとき、その家では猫がたくさんいて、あんまり手当てをしてくれないもんだから、ふいっと出てきて僕の家に居ついちゃった猫なんです。それで了解を得てうちで飼っちゃったんです。いかんせん貫禄がないですね。男の子のくせに甘えんぼうで、ほかの猫が自分のところにやって来ると、ウーッなんていうんだけど、すごい猫が来ると追っぱらうだけの気力がなくて、ウーッなんてにらみ合って、こっちが出て行ったりしてシーッなんて言って応援すると、何か急に勢いづいて追っかけたりして（笑）。どういったらいいんでしょうね、ユーモラスでっていうか、あまりほんとは貫禄ないっていう感じで、ちょっとボスたるの器には欠けるところがありました。うちへほかの猫さんが侵入しようとすると、女の猫の方が、五匹ぐらいみんな集まってきて、その猫をウーッ、キャーッなんてやって追っぱらう。その男の黒猫はただこう格好つけているだけです。女の猫が三匹か四匹ものすごく団結心みたいなのあって、絶対入れないみたいにワーッとやったりして追っぱらっているんです。だからそういう意味ではあまり貫禄がないんです。とうていここら辺のボスにはなれないですね。

よその猫には人気ないんですか、ここのおうちの猫。

そうですね。あまりないんでしょう。

女の猫に……。

ないんですよ。それだから、方角だけ何となくわかってるんですけど、このお寺の塀乗り越えて向こう側へ行くんですね。遠くへ行くんですよ、なぜか。たいていうちのほかの猫は遊ぶときはこっち側で遊ぶんですけど、その猫はいつでも行くときはその塀を乗り越えて、またずうっと行くんです。一度乗り越えたときにお寺の境内に入って、どこに行くかななんて見たことあるんです。そしたらとんとん行って、向こう側のお寺の塀をまた向こうへ越えて、塀沿いの道路へ出て、そこからまた少し先へ行くんですね。いつでもその辺で消えちゃうんです。ずいぶん遠くへ行きますね。近くの女の猫を求めるっていうことはないですね。大体、うちでまだ去勢していないときに、その猫さんは、やっぱり近くにいるからそういう気が起こらないのかどうか知らないけど、女猫のおばあさんがはじめいたわけだけども、それでもそういうのはあまりかまわないんですね。やっぱり外へ行ってやってましたけどね。だけどすこぶる貫禄はない猫で、おもしろい猫には違いないんですけど（笑）、貫禄はあまりないですね。だからとうていボスになれないような気がしますね。

さっきマザコンと言われましたけども、その猫の母親の猫っていうのは。

二軒ぐらい先の真っ黒な猫がいるんですよ。

ああ、そうでしたね。

たぶん、その猫とチャーリーっていうペルシャがかってる前の家の猫の子供だとおもってるんです。

チャーリーはドン・ファンだったんですか。

そうなんですよ。これはすごい女好きで、どんな猫でも女猫だったらもう許さないっていう感じでしたね。追っかけまわしたりしてすごい。しょっちゅうそうでしたけどね。だからすごいなあなんて、昔の英雄豪傑がたくさんの女をはべらしてとかっていうのと同じだなと言ってましたけど。

そうすると、その父親との関係、母親との関係というんでしょうか、そういう関係っていうのが具体的に見えることもあったでしょうか。

そうですね。けんかはしますけど、けんかのしっぷりが何となく違うような気がするんです。子供がたとえば男猫で、母親の猫とここら辺でけんかしたりするんだけど、何となく見ず知らずの雄猫と雌猫っていうんじゃない感じはしますね。それから本当には別に禁忌がないんだろうとおもうから、もちろんいとこぐらいで関係しちゃってとかっていうことは、きっとあるんだろうとおもいますね。

そのチャーリーが亡くなるときに、吉本さんのところのお子さんに最後のめんどうみてもらったっていうのは、日頃からその評判を聞いてて、安心してここだったら大丈夫だとかって、そういうのはないんでしょうか、猫同士で。

それもあるかもしれないです。要するに、男の猫ですから、それでそういう猫だから、もうお年寄りになってきたら、それこそ目はもうひっかかれたのが治りきらんで何か半分つぶれたようになったり、体ももちろん傷になったりとか、それから体はガサガサにかさぶたみたいなのができて、またそれがひっかかれてできたみたいになって、もうとにかく見る影もないようになっていたんです。そしたら前の家の飼い主さんが敬遠して、何か家に入れなくなっちゃったんですね。そうするとうちの子がエサや何か与えたりするもんだから、なついていたんです。それで最後のときもうちで世話しちゃうと悪いから、どうもチャーリーは危ないですよ、もし何だったらうちでやるから、それでいいですか、って言ったら、どうぞそうしてください、って言うから、子供が世話したんです。手当てして、最後に近くなってこれはもうだめだっていうときには、前の家に持っていって、呼んで、もう終わりだとおもいます、って言って、御対面みたいなのしてもらって、それで僕と子供がひそかにお寺の中に、墓がつくってありまして、ここいら辺大名墓ですから、こっちの方に大名ばっかり古い墓がありまして、石の擬宝珠《ぎぼし》みたいなのが壊れて落っこってたりするのを持ってきちゃって、一番向こう側なんですけど、木の下のところにそれを目印において、その下に二、三匹埋めてあります。そこへ夕方ごろ行って、坊さんにわからないように埋めて(笑)、葬っちゃったんですね。

でも、幸せな猫ですね。

そうですね。ここはそういう場所があるから、まあ、正規には怒られちゃうわけだけど、わからなきゃいいんだから、ちゃんとあるんですよ。印がつけてありまして、その擬宝珠の石が置いてありまして、そこに埋めちゃうんです。

ごみの収集日なんかに猫の死体をそのままほったらかしにしてあるのをよく見かけたことがあるんですけど、猫はそういうふうにしてわりと物として葬られていくっていうのか、そういうのが犬の場合より多いみたいな気がするんです。そういうふうにして死んじゃったらお墓つくってもらうっていうのは、あまりないんじゃないかとおもうんですけど、最近はそうでもないんでしょうか。

最近はみんなかわいがりますから、そういうところがあって火葬して、人間と同じような小さな骨壺の中に入れて、供養料いくら出せば置いてくれるとかあります。僕、犬のときもそれでした。供養料を何年分払うとその間だけは手当てしてくれる。それで期限がくると通知がきまして、もっと供養料を払ってくれればまたやる、そうじゃなければ無縁仏といいましょうか、にしますけどどうか、とかそういう通知がきますね。そういうのをやるみたいですね。

いまのチャーリーの死に方なんか見ても、さっきの刺身の話じゃないですけども、やっぱり猫の死に方も昔と比べてかなり変わってきたようにおもいますね。

そうですね、違いますね。僕、初めてそのチャーリーのときに猫が死ぬところっていいますか、姿っていうか、それを見ました。子供のときはそうおもっていなかったんです。猫っていうのは死ぬときはいなくなっちゃうもんだっていうふうにおもってたんですけど、初めて見ました。だからたぶん死ぬときの死に方も違ってきたんじゃないかなって気もするんですね。

いま、吉本さんは死の問題についてもいろいろおかんがえになっているようなんですけども、たとえば、猫の死を見て、飼い主がその猫の死を通して己に視線を戻して、死っていうものをかんがえたりするようになるんでしょうかね。

僕はそこがかんがえ込んじゃうところなんです。自分の家で飼ってた猫が何匹か死んで、埋めましたけど、何かそのショックっていうか、悲しさっていうか、そういうの人間の場合とさして変わらない気がします。そこが問題なんだけど。それなら何度かは会ったことがあるような知人が死んだときの悲しさと、うちで飼ってた猫が死んだときの悲しさっていうのと、どっちが悲しいんだっていったら、こっちの方が悲しいですものね。こっちの悲しみの方が切実でしょ。そうするとすごく疑問に感じちゃうんですよ。何か死っていうのはそういうもんかなって（笑）。本当に疑問を感じちゃいます。これは正直に率直に言ってそうだから、これでいいのかなっておもいます。人間の死っていうのと動物の死っていうのと、一般論としてどっちが悲しいんだというような設問の仕方は、もともと成り立たないんじゃないかとおもったりしてね。要するに、より親しい生き物の死の方が切実だっていうことです。悲しみとか、いなくなったときの欠如感とか、とても切実なんだ。そんな法則はおかしいけど、そういうことしか本当はないじゃないかとおもえたりね。人間だから悲しいとか、動物だから死んだら悲しいとか、そういうことはあんまり関係ないんじゃないかな。逆に言うとそれでいいのかな、疑問はないのかなとおもえて、やっぱり人間と猫とは違うぞっていうふうに、人間の死を悲しめないっていうのは、その方がおかしいのかな、とちょっと疑問の感じが残ります。これはたぶん僕だけじゃなくて、だれでもそうなんじゃないかとおもいます。あんまり親しくないような人の死と、しょっちゅうかわいがっていた猫とか犬、その他の動物の死でもいいんですけど、その悲しさと比べたら、こっちの方が切実だぜっていうことは、たぶん普遍的な気がするんです。それはある面からは疑問だなっておもったりします。逆に僕は猫が好きなんですが、なぜ人間は猫とか犬とか小鳥とか、飼うんだっていうことは問題な気がします。なぜおまえは猫が好きなんだ、猫をかわいがるんだ、というふうに言われたら、存外こっちのひとりよがりで、猫の方にとっちゃそれほどのおもい入れはない。食べ物をのぞいては、向こうはあんまり文句を言わないで、こっちがかわいがれば猫なりにそれに応じてくれる。動物の場合はこっちと言い争いになったとか、仲たがいしたとか、感情がこじれたとかっていうことは、まずない。だからそういうことが一種の解放感になっているのかなとおもいます。つまり、人間同士だったら、とても仲のいい関係でも、愛し合っていても、感情にそごをきたせば、きりきりなっちゃう。そういうことって動物の場合はないですよね。そうなったら逃げていっちゃいますからね。虐待したらもちろん逃げていっちゃう。かわいがっている限りはその動物なりに応じてくれる。それから自己主張して対立しちゃって、感情のそごをきたしたとかってことがまずない。そういうことは動物が好きだとかかわいいっていうことの中に、とても大きな要素として入っているでしょう。だから人間のひとりよがりな気がしないでもないです。人間だったら好きになればなるほど大変だっていう面があるわけでしょ。そういうことがないってことは、一種の安らぎになっている。それで動物をかわいがる。そうなっているんじゃないか。ほんとは何か人間のひとりよがりなのかなっていう気もします。そこら辺がさっきの死んだときの悲しみの切実さにひっかかってくる気がするんですけどね。

たしか、たばこの嫌煙権の問題だったとおもいますけど、結局そういうものでも、現在の究極の問題というのが出てくるというようなお話をされていたとおもいます。いまの人間と動物とのかかわりのお話を聞いていますと、何かやっぱりそこから究極の問題みたいなものが見えてくるのかもしれないような気もしますね。

そうですね。だから、たぶん動物をかわいがる人たちがふえてきて、かわいがり方のレベルが向上するのかどうか知りませんが、かわいがり方が気になってきたっていうことは、逆に言うと、人間社会の人間関係っていいましょうか、それがきつくなったっていうこととかかわりがある気もします。

うちの母は、ある時期、猫も飼っていたし、近所の野良猫にはいつでもエサをやっていたし、犬はずっと飼っていたんですけど、そのかわいがり方っていうのが……。

あ、あれです。いま庭を通ってゆく猫。片目の猫。

あれは見られてるっていうことを意識して歩いているんでしょうか。

そうでしょうね、ある程度。

ゆっくりと、ちょっとおすましした。

ワンちゃんの話つづけてください。

ええ。飼ってて、もう死んじゃったんですけど、そのときの悲しみ方というのが、私なんかも悲しかったけど、母親っていうのはずうっと赤ん坊のときから一緒に寝たりして暮らしてて、外に出てても、雷がちょっと鳴ると、あ、帰らなくちゃ、とか言って慌てて帰ったりするんです。犬の方も私と犬とが、チロっていうんですが、チロとが留守番をしていて、母親が帰ってくるのを待っているんですが、近くまで帰ってきて、近所の人とおしゃべりしている声なんかが聞こえてくると、もうたまらないようにうろうろしている様子を見てると、何か人間以上に感情というのを素直に出していて、私なんかが、あ、帰ってきた、とおもうのとその犬がおもうのとでは思い方が全然違うというのか。で、亡くなる前にも熱を出して、お医者さんに何回も来てもらったりして、大変だったんですけど。ほんとの子供より、口をきけない分かわいいと母親は言ってたこともあります。買い物に母が行って帰ってくると、歩けないのにいざって玄関まで迎えに行ったりしていたっていうぐらいのつきあい方をしていて、死んでしまったのは明け方で、ちょっとうとうとしているときに夢の中に出てきて、もしかすると死んだんじゃないかっておもったら、やっぱり死んでいたっていうふうな。そこまで思い込んでしまうというか、もともと犬や猫や鳥を飼うのが母は好きだったんですけど、そういう世界と交歓しているっていう。母だけじゃなくて、現在、一人暮らしの人は特にそんな感じがしますけど。死んじゃったらがっくりして、近くに住んでいた義理の母が亡くなったときよりもやっぱりすごく落ち込んでいました。

やっぱりそういうこと言わなきゃいけないでしょうけど、無償ですよね。かわいがり方も無償ですから、別に利害が入ってくる余地は全然ないから、なおさらそうなんでしょう。それにワンちゃんていうのは、かわいがる人とかその家の人っていうのをよくわかっていて、たとえば岡田さんがワンちゃんを飼うと、岡田さんがたとえば職場で同僚とけんかして、おもしろくないとおもって憂鬱そうに帰ってくると、ちゃんとワンちゃんはもう憂鬱そうにしますからね。

そうなんですね。

それがわかるんです。すごいですよ。猫はそんなことないです。そういうとこは鈍感なんだけど（笑）、ワンちゃんていうのはそうですからね。そうするともう何物にもかえがたいぐらいの慰めですよね。ほんとにそうですからね。自分がしょげますからね。しょげててっていうか。

伝わっちゃうんですね。

そう、そう。岡田さんがしょげてると、あなたがしょげてるの私わかってるよっていうふうにちゃんとしますからね。態度ですぐわかりますからね。それはやっぱりすごいですよ。

すごいですよね。病気のときでも、あ、騒いじゃいけないなって静かにしてるんですね。

そうです。よく身代わりっていうか、何かワンちゃんが身代わりに死んでくれたから病気治ったんだみたいなことという人いるでしょ。僕はある程度あれはそうだとおもわざるをえないようなことってありましたね。本当は分析したらそうじゃないかもしれないんだけども、やっぱり自分にかかわりのあるワンちゃんが死んでくれたんだとか、代わりにあれは病気になってくれたんだとかっていうふうにおもいたくなるようなほどに、敏感ですよね。だからちょっとあのかわいさっていうのはまた特別です。猫さんなんていうのはまた違いますね。

ため息もつくんですよね。

そうですね（笑）。ほんとにそうですからね。あれは不思議というかすごいものですね。

何かかまってほしいときは、こうやって手かけてくるんですね。で、もう静かにしなさいって言ったら静かにしてるんですけど、言いきかせればわかるっていう。

そうです。

それでご飯なんかつくっているのがわかると、じーっとこうして待っているんですね。だからそういうのってほんとうにいつまでも大きくならない子供っていう感じで。飼っている者にしたらたまらない気持ちになるのだとおもいます。

たまらない。そうですね。

吉本さんは犬も飼われたこともあるんですか。

ええ、前にありました。向こうの家にいるときに。

かわいがる人のことはよくわかるんですね。

そうですね。ほんとにわかりますね。猫さんでもわかりますね。犬さんはもちろんわかるんですけど。ほんとは僕は犬はどっかにいつでもこわいっていう感じがあるんです。田端にいたときに隣りの家の犬の子供をもらってずうっと飼ってきて、死ぬまでいたんです。その経験で少しそういうことは少なくなりました。でも、いまでも大きなワンちゃんなんていうの、心のどっかでこわいっていうのがあるんです。あれは子供のときに相当経験があるんですね。いじめもしたけど、何か噛まれもしたんですね。それがたぶんあったんだとおもうんです。こわいっていうのがどっかに残っているんだけど、普通はその残ってるぞっていうのをワンちゃんに見せないっていうふるまいはできるようになったんです。でも、本当はこわいっていうのがワンちゃんの場合はありますね。とくにこんな大きいのですと、おおっ、とおもっちゃうことあります。

注

（1）若王子さん誘拐事件　一九八六年十一月十五日、三井物産マニラ支店長の若王子信行氏がフィリピン・マニラ市郊外で誘拐され、翌八七年三月三十一日、解放された事件。犯人側は巨額の身代金を要求したといわれているが、事件の真相は謎に包まれている。なお、若王子信行氏は八九年、肝不全のため死去（五十五歳）。

（2）テリトリー　同種または異種の他の動物の侵入に対し、単独または複数で攻撃することによって防衛する地域。縄張りのこと。

（3）海部　大化前代（六—七世紀）、漁業と航海技術をもって朝廷に仕えた人々の集団。

（4）木地屋　木地、とくに指物、器などに漆ほかの塗料を加飾しないものを製作することを生業とした職人。用材を求めて山から山へと渡り歩いた。

（5）山窩　日本の山間部を生活の基盤とした、漂泊性の強い集団。山菜などの採集や狩猟、川漁、あるいは竹細工などを生業とする。

（6）『吾輩は猫である』　夏目漱石（一八六七—一九一六）の最初の長編小説。一九〇五年から一九〇六年にかけて『ホトトギス』誌上に発表される。中学の英語教師苦沙弥の家に飼われている猫の目を通して近代日本の姿を浮かび上がらせる。

（7）反捕鯨運動　一九七〇年代に入って世界的に反捕鯨運動が高まり、一九七二年、国連人間環境会議で商業捕鯨の十年間停止が決議された。さらに、一九八二年の国際捕鯨委員会総会で南氷洋などでの捕鯨全面禁止が可決された。このとき、日本、ノルウェー、ソ連、ペルーの四ヵ国が異議申し立てを行なったが、アメリカは異議申し立ての撤回を迫り、八五年、日本は異議を撤回した。この結果、日本の南氷洋捕鯨は八七年三月、沿岸捕鯨は八八年三月で終わる。

（8）　エコロジスト　エコロジーとは生態学のこと。人間と自然環境、物質循環との相互関係を、人間は生態系を構成する一員であるという視点から捉える考え方をエコロジー運動という。これは、一九六〇年代後半から欧米の工業化社会で自然と共存するあり方を求める人々によって生まれた。

（9）　猫の妊娠　メス猫の発情期は生後四—十二ヵ月に始まり、オス猫はメス猫の発情に誘発される。妊娠期間は六十三—六十五日前後、年に二、三回妊娠する。去勢すると、メス猫の発情期はなくなり、オス猫もメス猫に興味を示さなくなる。

（10）　ペルシャ猫　代表的な長毛種のイエネコ。イギリスなど西ヨーロッパで、長くて絹のように美しい毛の猫を目標に長時間をかけて育種されたもので、名称は原産地とは関係がない。

（11）　シャム猫　代表的な短毛種のイエネコ。原産地タイ。

（12）　日本猫　日本で飼い猫の記録がはじめて文献に現われるのは宇多天皇（八六七—九三一）の日記といわれている。ここには、八八四年に唐から渡来した黒猫について記されている。日本に猫がいつ頃からいたかは、はっきりとはわかっていない。ただ、少数の交雑種を除いて、ほとんど純粋品種を保っている。短毛種で、古来、丸顔短胴にして長尾がよいとされてきたが、江戸時代後期に短尾の猫が増えたといわれる。（平岩米吉『猫の歴史と奇話』より）

（13）　遠くから帰ってきた猫の話　平塚市在住の菅純一氏宅のメスの三毛猫ミキちゃん（五歳）は、一九八四年八月、一家と妻・美代子さんの故郷・糸魚川へ信越線で旅行した。が、親類の家に着いて段ボール箱を開けた途端、ミキちゃんは飛び出し、そのまま行方不明となった。ところが、一年七ヵ月後の一九八六年二月九日、ミキちゃんは平塚の菅さんの家に帰ってきた。ちなみに、糸魚川―平塚間の距離は約三七〇キロ。一九八七年に定められた「猫の日」の二月二十二日、ミキちゃんには「猫のカガミ賞」が授与された。(『朝日新聞』一九八七年三月三十一日付朝刊より)

II

人間なんかになれているようなふりしているけど、絶対なれていないところがありますからね。

猫探し

最近、猫についてなにかおもしろい話とかありましたか。

商売にありますね。学生さんなんかのアルバイトとして。

迷子の猫というのではなくて……。

そうです、迷子の猫を探す商売です。テレビで見たんですけど、見たらやってたんですよ。

そういう商売があるということはやっぱり需要があるんでしょうか。

需要があるんです。僕らだってそうですもんね。頼みたいところだったこともありましたから。この間も話してましたけど。だから需要はあるんじゃないですか。聞いていたら、新しい知識を得たんです。探すの頼まれてから、何時間だったか一日だったか、それだったらいくらとか、三日だったらいくらとかってそういうふうに決まっているんですね。それでたいてい三日ぐらいの間に、確か数字は七割か八割、そのくらい見つけて連れてくるんだそうです。それはもう僕の常識では驚嘆すべき数字のような気がするんです。そんなことができるかなとおもいます。僕にはできるはずがねえとおもうくらいなんだけど、そう言ってました。見つけるんだそうです。まあ一〇〇パーセントじゃないけども、ほとんどもう見つかるという感じらしいですね。どういうやり方をするかっていうのも出てたんです。その猫の写真とかそういうのがあると、それに類した言葉で書いたり写真を貼りつけたりして、そういうのを近所の電信柱とかに一斉に張りめぐらす。そういうことをひとつやって、こういう猫がいたらどこそこへ電話してくれっていうのをやるそうですね。もうひとつはやっぱり探すんだそうです。その探す場所に原則があって、それが僕は感心したんですけど、そういう商売をやっている、若い学生さんだとおもうんですが、言ってるんです。要するに猫っていうのは、坂みたいなのがあると、低いところへ行くっていう習性があるっていうんです。低いところへ行くっていう習性があるから、その場所から、坂みたいのであっても、坂というほどじゃなくても、とにかくそこの場所から低いと思われる方向に探すんだっていうんです。そうすると大丈夫。とにかく確かその数字は七割かそこらぐらいだとおもいましたね。そのくらいは見つけるんだって言っていました。僕はものすごく感心しました。

その場合、相当遠くまで探すんでしょうか。

探すらしいですね、それはもう。張りめぐらすのも、相当広範囲にやるらしいです。じゃ、どういうあてで探すんだっていうと、だいたい低い方を探していくんだって言うんですね。そうするとにかく半数以上見つかるっていうのは、すごいことですね。

それは東京で。

東京ですね。住宅街のそういうところ、ちょっとカメラが探すところを追っかけてました。それじゃ、アナウンサーでしょうか、インタビュアーでしょうか、一日探しても見つからないことがあるでしょ、と聞くと、それはあります、とか言ってました。それでも根気よく翌日も探すみたいなことをやる。一日いくらでとか言ってたな。それは忘れちゃったな、数値を。仮に探せなくても一日何時間か探して、それ一日分は一日分としてもらうということですね。三日やっても出てこないというときもある。それでも三日分は契約でもらうというわけですね。だけども三日もやればたいてい、確か七割ぐらいといいましたっけね、七割くらいはもう見つかるんだって。

その仕事をしているスタッフの人っていうのは何人ぐらいいるんですか。一人が一匹を探すっていうか、みんなで探すっていうか。

手分けして探すらしいですね。だから、そういうアルバイトなんでしょうね。それをテレビでやっていましたよ。

見つけたときにその主人に連絡するんですか、飼い主に。それで現場に行くんでしょうか。それとも連れて戻って、この猫でしょうか、と見せるんでしょうか。

それは難しいですね、難しいといやですね。

低いところに行くっていうのはおもしろいとおもいました。

すごい。僕も聞いて、ああ、とおもって驚きました。

おもい当たることがありますか。吉本さんが飼われている猫で、低いところに行くとか。

いや、それは全然僕にはわからなかったんですね。そういう習性だっていうふうなことはわからなかったし、大体探して見つかるっていうのは、もう奇跡に近いとおもってました。僕らが猫が家出したとき、ここら辺じゅう、すみからすみとは言わないですけど、路地がこうあってとかってわかってますから、そういうところを探して、何日かおもい当たるところを探しても、何も見つからなかったですね。手がかりすらないみたい。それからときどきやってくる野良猫は見つかるんですね。そこら辺のお寺の境内にいたり。それなのにうちの猫はいない、見つからない。これが見つけられるっていうのは僕にはちょっとびっくりでした。ましてや、坂の下の方にっていう習性があるっていう、ここら辺で言うと動坂《どうざか》の下の方を探せばいいっていう感じかなあっておもいます。でも、そういう習性って動物学者からも聞いたことない。

それじゃ猫についてそれなりの知識を持った人なんですね。

すごいですね。だれか最初はそういう知識があったんでしょうね。あれは驚いたな。

半分以上の確率で戻ってくるというのは大したものですね。

大したものですね。北海道のムツゴロウさん。畑（正憲）さんか[1]。あそこの牧場みたいなところで飼っている猫で、テレビでときどき同じことっていいますか、よく猫が出てきてやるんです。猫見てると、カメラが後くっついてやってましたけど、やっぱりここで飼ってるっていうふうに、この家で飼っているというふうにおもっていても、一日のうちの、決まった時間かどうかはわからないんですが、とにかく一日のうちの一回くらいは窓から出ていって、どんどんどんどん行きまして、全然別の箇所へ行って、それを追っかけて行くと、別の場所でけっこうまた遊んだりして、また時間がくると元へ帰ってくる。別の家の中で遊んだりとかけっこう遊んで、それでまた元へ戻っていってということをやるのね。ちゃんと後ろからくっつけていって撮ってましたね。それは僕はやりそうな気がするんです。閉じ込めていないかぎりはね。ちょっとでも開けておけば、もう必ずや、どこにいるのかさっぱりわからないけど、また、必ず帰ってくるみたいなことはありますね。

猫ブーム

いまの猫探しのお話はおもしろかったです。今日は、ひとつは猫ブームということについてお伺いできればとおもいます。

猫ブーム、ああ。

畑さんの、例の『子猫物語』(2)っていう映画がありましたね。

あ、見ました、見ました。

一度見たいとおもって、近くの貸ビデオ屋さんに行ったら、いつも貸し出し中なんですね。だから、かなり人気が高いのかとおもいました。

あ、そうですか。

吉本さんのようにずっと昔から猫とつきあわれてきた方は、いまさら猫ブームといわれてもというのもあるかもしれませんけれども、それにしてもいまかなり広範囲で猫ブームというのがあるようにおもうんです。この間、吉本さんが言われた猫の雑誌、『ペーター』ですか、ああいう雑誌がとにかく商売として成り立っている。『子猫物語』も大ヒットしたようですけど、吉本さんが特におもわれることってありますか。

そうですねえ。『子猫物語』というのはね、あんまりいい映画じゃないですね。よくできた映画じゃなく、わざとらしい。つまり、わざと川の流れのところに箱みたいなの浮かべて、そこへ置いてね。つまり、ひとりで遊んでいるうち、そんなことできないでしょうけどね、役者じゃないんだから。遊んでて、ついその箱みたいな木が、乗ったまま流れちゃったんだというんじゃなくて、もうわざわざ乗せて流してっていう感じで、不自然なところが目立って、あまりいい映画じゃなかったんですね。僕、上野の映画館で見たんですけど、やっぱり子供とお母さん、小学生ぐらいの子供と若いお母さんがいっぱい見にきていました。あの映画流行《はや》ったんだからいいとおもったのかもしれないけれど、僕はそこら辺のところあんまり信じてないんで、あのくらいの映画をほんとによかったと言う子供はいるのかなとおもうと、ちょっと疑わしい気がします。でも、かなりよく入ったんですね。試写会みたいなときにはもうすごかったと聞きました。猫ブーム的なものはあるんじゃないでしょうか。僕らでも、そういう猫のことで二回くらいおつきあいした記憶があります。僕、いまは愛好家というほどではなくて、勝手なときだけこっちでかわいがるだけだから、本当の愛好家じゃないです。うちの子供だったら資格があるという感じがするんです。だからちょっと後ろめたいところもあるんです。猫の雑誌とか何とかの写真でも、うちの猫なんて写真を撮ろうというのは、よほどの幸運に恵まれなきゃね、そんなことさせる猫はいないんですよ。抱くと、まあまあいやいやながら、かたくなってやってるのはいますけど、たいていは逃げてしまいます。まして撮ろうと構えてカメラマンが近寄ったら、もう絶対逃げちゃう。あれ、うちのやつがふだん撮っておいた写真を持っていったんですね。うちの猫には違いないんだけど、写真家なんかに撮らせるような猫なんかいないですよ。一般的にそうですけど、猫っていうのは無理なんですよ、とても。だからああいう意味の流行とかかわいがり方っていうのは、本当は成り立っていないんですね。あれは無理してつかまえてきて、無理してかたくなってちょっとすきあったら逃げようとおもってるけども、うちの人だからがまんして抱かれるみたいな、そんな感じにしか撮れないんです。僕の実感から言うと、ああいうふうに雑誌が流行って、流行ってていうのはやや誇張している。犬と何がちがうんだといったら、飼う方が勝手がきくんじゃないでしょうか。僕がちょうどそうだけど、こっちが暇もあるし、気分もそうなって、かわいがろうとするとかわいがれるし、応じるようにする。それからそうじゃないときはあんまりかまわなくても、猫っていうのは勝手にどっかよそのうちへ行ったりとか、外へ行ったりして遊んでいて、かまわなくても済むんですね。犬の場合には、もう飼ったら極端に言いますと、家族が一人ふえたっていうふうにかんがえる以外にないですよね。それから犬の方も飼ったらすごくなつきますよね。それで自分勝手にどっか行っちゃうなんてことは、ちょっとかんがえられないですからね。飼っている人の言うことを聞きますよね。そのかわり世話をやく場合には、もうほんとうに家族が一人ふえたっていうくらいに手数がかかりますし、また気持ちをそういうふうに入れないと、犬っていうのは飼えないですね。猫はそうじゃなくて済むんですね。そこは安直なんじゃないでしょうか。それでいて、なついているように見えても、ほんとはなついていない。ほんとはなれていないということなんでしょ。猫の方もある程度エゴイストですしね。人間なんかになれているようなふりしているけど、絶対なれていないというところがありますからね。飼い主の方がそでにしたらいつだって出てっちゃうっていう態度ができますからね。

あんまり人間関係がぎくしゃくしてて、みんな孤独になっているとか、おもしろくない、どっかに不安とか不満とかっていうのが増大しつつあるというようなことがあって、猫っていうのは、それに対してちょうど、人間関係がいやになったというようなときにはものすごくいい親密な関係で、向こうは文句を言うわけじゃないですし、またこっちがかわいがればそれに応じるみたいなことがありますからね。だからわりに、人間関係がきついとか、不満だとか不安だっていう現代社会の、特に都市生活のストレスが癒されるところがあるんじゃないでしょうか。犬だとマンションで一人暮らしをしている、男でも女でもいいけど、犬を飼うってことは、もうそれはちょっと女性と同棲するとか男性と同棲するとかまではいかないけれども、それに近いくらい本気にならないと飼えないですよね。猫はそうじゃなくて、きついときだけかまえば、ちゃんと応じてくれる。それで案外人間の方がいいやと思っているときには、わりとほっとけばほっといたで癒されるところがあるんじゃないですかね。

なるほど。じゃ、いま、ブームがあるとしてかんがえると、いまのそういう社会と対応しているというか、反映しているっていうか。

そうじゃないでしょうかね。結局、段階はあるでしょう。つまり、犬とか猫もそうだし、普通の動物でいえば、小鳥みたいなのあるでしょ。これ、小鳥っていうのと、また犬猫とは違います。小鳥っていうのは、どういったらいいでしょうね。現代社会がきついっていうよりも、もっと初めから単独者的な志向性がある人は、小鳥の方がいいんじゃないでしょうか。猫だってやっぱりあれはこちらが愛情を持たないかぎりは応じてこないっていう面があるけど、小鳥っていうのはたぶんそこまでしなくてもいいんじゃないでしょうか。単独者であって、それで愛情なんか全然そそがなくたって、世話さえしていれば、向こうはただ可憐に一人で動いてくれるっていいましょうか、可憐に動いて、それを見て自分で楽しいとかってやれるところがあるでしょ。小鳥っていうのは、また違うんじゃないでしょうか。もっとゆくと今度は植物ですよね。盆栽とか植木が好きだとかいうのは、また違うんじゃないでしょうかね。こっちの方が天然自然を守れっていう方に近いんで、そういう天然自然が好きだっていうことだとおもいます。僕も天然自然好きですけど、詩で言えば昔の『四季』[3]派みたいな、あれそうだとおもいます。あの人たちはたぶん、動物、小鳥よりも植物が好きなんじゃないでしょうかね。やっぱり違いがあるんじゃないでしょうか。

吉本さんは動物も植物もだいたい等しくお好きですか？

動物と植物とどっちが好きだっていったら、植物の方が好きです。でも、これもいいかげんで、好きだったら世話してまで育てるかっていうと、いまのところはちょっとそこまではやれないです。そこまでやるには、どうもこの社会と全面的に和解してないと、いけないような気がするんです。それ一見関係ないように見えるけども、山川とか風景とか植物というものを本当に世話して、来年のために今年はこういう肥料をやっといてとかって、そこまでやる人は、どっか社会と和解していないとだめみたいなところがあります。いつかできたらいいなとおもうけど、いまのところ僕はそこまでやれないですね。だれかが枝切っておいたり、刈っておいてくれたりするからつきあってるけど、世話はできないですね。買ってくるのはここにある、八つ頭みたいな、水さえ入れておけばいいという、これならできるんですよ。自分が世話するというんだったらだめです。

いまの世界との和解というので思い出したんですけど、街をこう歩いているでしょ。そうすると、お昼ですよね。僕は仕事で歩いているわけで、仕事というか、カタギでもないけど（笑）。そうすると普通の家からおじさんが、ステテコ姿じゃないけど、たぶん定年後なんでしょうね、そういう人が本当に丁寧に愛情そそいでっていうか、植木に水やってるのを見ると、歩きながらいろいろかんがえますね。

そうでしょう。

ええ。

そうなんですよね。

なるほどっていうか、あの人と僕の違いは何だろうとかかんがえたりしますね。

そうですね。僕のおやじっていうのは、僕らが子供のとき、うちなんか長屋みたいなところだったから、庭も何にもないんですよ。だけどちゃんと、下町っていうのはみんなそうだけど、ミカン箱みたいのに土を入れて、そこに植木をさして、家の前のところに置いておくっていうことをやっていたですね。しょっちゅう生活がきつくて大変だっていう面の顔だけしかしないんだけれども、それをやっているときはそうでなかったですね。思い出して一種の追憶として見ると、やっぱりそういうときのおやじの姿はほっとしますね。あれがなかったらもうかわいそうだ、気の毒だっていう感じでね。だけど、そういうときの姿や、釣りによく僕らも連れて行かれましたけど、そんなときのおやじを思い出すと、慰安を感じますね。じゃ、おまえどうだ、なんて言われると、どうも僕はそこまでしてないような、格好はこういうところについているけれども、してない気がしますね。別におやじだけじゃなくて、その近所近隣、両隣りみんな、あそこがなんか植えてるっていうと、おたくのよくついてるじゃないかとか、それならあげようかと言って、それ持ってきて、何かそこらへんがみんな同じ草花があったりして、みんなそういうふうにしてたですね。それこそステテコなんか着て水かけて、あれはやっぱりすごいですね。あれなかなかできないですね。ああいうゆとりがないですよね。

たとえば釣りにしても、あるいは植物を育てるとかペットを飼うとか、やっぱりそれは一種、現代社会の中での生きづらさの何か裏のあらわれだとおもうんですけれども、最近、釣りをする人もけっこう多いんですよね。

そうみたいですね。

あれは、釣り竿持って山川に入っていくっていうか、かなり人里離れたところへ行きますね。

そうですね。

釣りの心理というか、あれは何なんでしょうか。

海の、何とかの一本釣りとか、ああいう豪快な釣りだって言われているものは僕にはわからないんです。僕らが知っているのは東京湾でハゼ釣ったとか、セイゴ、つまりスズキの子供でしょうかね、スズキの子供とか、それから、いまの品川の沖の御台場、あそこのところに行きますと、アナゴがたくさん釣れたんです。アナゴは夜から釣りに行って夜中、明け方まで釣って帰ってくるんですけどね。おやじがよく舟で連れて行ってくれたんです。よく釣れたんですね。せいぜいそんなところなんです。その釣りのおもしろさっていうのは、ゴルフと同じじゃないですか。ゴルフってやったことないんだけど、やったやつに聞くと、昔まだ鮎川信夫(4)が生きていたときにそういう話してたけど、あれはおもしろいって言うわけですね。何がおもしろいんだ、こんなふうに球打って穴へ入れたって、何がおもしれえんだって言ってやったら、いや、君そういうこと言うけど、そうじゃない、あれはおもしろくて、もちろん健康的だ、って言うわけですね。つまり、おもしろがりながら回っているうちにひとりでにかなりの運動量こなしている、って言うんですね。そうすると、それが広々とした野原でしょ。野原っていいますか、森とこういう……。

自然の中ですよね。

そういうところでしょ。だからそういう中を、一回りしたら相当運動したことになるんだ、ただ歩いただけでもそうだし、これやりながら歩くんだから、相当運動したことになっているんだと。それから穴ぼこへ入れて、入った、入ったという、それねらったら入ったとかはずれたとか、あのおもしろさっていうか、一種の賭けっていうのかな、あれ賭けのおもしろさを兼ねそなえたものだ、って言うんですね。そういう運動と、広々した野原を散歩してるっていうのと、それから賭けの、入った入らないとかの要素ですね。こう打ったらこう入ったとか、そういうことのおもしろさですね。あんなおもしろいことない、って言ってましたけどね。ややそれと似ているんじゃないでしょうか。つまり、ハゼのときの当たり方っていいますか、ハゼが引っかかってきたときの引き方、手応えというのはこうなんだと決まってるわけです。ちょっとやるとわかるわけです。もうそれ以外の引き方はしないんですよ。どのハゼでも食って暴れてっていうときのグッと手応えが、こうピーンと響くわけですね。釣り竿の手にピーッと響くわけです。それがすごいんですよ。それは何か想像力にすぎないんだけど、自分がこういうふうに誘ったらいまハゼがここら辺まで来ているんじゃないかとか、こういうふうにおもってやっているうちにスーッと当たりが響いてきた、これはハゼだとか、これはそうじゃないとか、あれはセイゴだとかこれはボラだとか、そういう当たり方でわかるわけです。そうすると、あっという自分だけにある手応えです。魚を誘ったら魚が食ってきたっていいましょうか、誘われて食ってきたっていう、その魚とのコミュニケーションですね。自分と魚だけがわかったというね。それでまたゴルフと同じで、どこへ球が行くのかわからないんだけど、とうとう行った、当たったというのと同じそういうおもしろさって、ちょっとたとえようがないんじゃないでしょうか。あの孤独感と、自分だけに魚のこころがわかってるといった思い入れですね。

猫と人間のエゴイズムというのがそれぞれうまくやっているんじゃないかというお話をお聞きしておもしろかったんですけれども、最近のある新聞記事によりますと、最近の流行りの言葉で、あまりいい言葉ともおもわないんですけど、新人類[5]というのは要するに猫じゃないかというようなことを言っている人がいるんです。そういうことって、どうおもわれますか。あるいは、新人類についてどうおもわれるかということでもいいんですけど。たとえば、子供が家で親に口をきくのはお金をもらうときだけだとか……。

犬の場合は本当に家族の一員みたいになるんですけれども、若い人っていうのは他人みたいに家族とつきあっているんじゃないか、ということを言ってる人がいて、猫がおうちの人に口をきくのはエサをもらうときだけで、若い人が口をきくのはお金をもらうときだけ。これはただ単なる猫なんじゃないか、それが猫のブームとくっついているんじゃないか、という意見があるんですね。

ああ、なるほどね。しかし、それは対応のさせ方としちゃおもしろいのはおもしろいですね。だけど僕らも、子供のときはそうでもないけど、青春期に入りかけたときは、やっぱり飯っていうのと金くれというほかにあまり、おふくろとはまだ口きいたけど、おやじとはあまり口きかなかった。何となくその面ではそうでもないような気がしますけど。普遍的に青春の前期というのは、猫と似てるところあるんじゃないかな。おもしろくないといつでも飛び出すし、帰ってこないという要因を持っている。それでいて別にそれほど不満があるわけじゃなくて、不満が相当あってぎりぎりに詰められてくると、誇張した葛藤になるわけだけども、そうじゃないときはけっこう同居して住んでて、おもしろくないと出て行っちゃってとかっていうの、わりと普遍的なような気がするんですけど。

そうですね。

新人類というのと新人類じゃないという、旧人類でもいいですけど、何が違うのか。僕はそういう新人類っていうときに一番思い浮かべるイメージは、まあ、軽いっていうことにしょせんは帰するわけでしょうかね。軽い明るさっていうんでしょうか。つまり、渋滞感がないっていうんでしょう。渋滞感がなくって、さらっと触れてさらっと過ぎていくといいましょうか、そういうのがイメージなんですけどね。それは猫と似てないことはないですね。エサをやるときだけという意味でいうんなら、青春期に入りかけたときとか、入ってすぐのときの、だれでもそんなものじゃなかったかというふうになってきます。ただ、重かったか軽かったかというふうになってくると、何となくいまの新人類的な若い人たちの方が、接触面だけは軽いような気がするんです。軽く、渋滞感がないような気がします。だけど、ほんとに軽いかどうかっていうのは、またわからないとこあります。そういうところで見ていくと、確かに猫とも似てるけれど、どうでしょうかね。

いま吉本さんが言われたので思い出したんですが、最近、女子高生っていうか若い女の子が学校とか会社へ行く前にシャンプーするという、化粧に対する関心っていうんでしょうか。男性用化粧品が出てきたりして。猫も化粧っていうんでしょうか、顔をなめるとか身づくろいをする。猫ってナルシストなんだという話も聞いたりしますけど、そのへんで言うことがあるとしたら……。

そうかもしれないですね。猫っていうのは、少なくてもきれい好きのように見えますね。よくなめたり、手をこすったりしてますし、それから、便所っていうのは一度ここだっていうふうに教えたら、もうそこでしますしね。そういうことについてきれい好きっていう感じはありますね。ワンちゃんだってそうなんだけど、ワンちゃんの方が何となく印象はそうじゃないようなね。だけど、どうでしょうか。そういう朝学校へ行くときや何かでもちゃんとシャンプーしてとかっていうのは、猫さんと関係あるのかな。僕の友だちで、いまでも会社に勤めて会社の偉い人みたいになって、そいつが言ってたけど、いまの会社勤めの人、朝たとえば始まりが九時で終わりが六時とかそういうきちっとタイムレコーダーがちゃんとしてて、また帰りはちゃんと帰る。そういうサラリーマンは、いつ浮気するんだという話をそいつがしたけど、それは会社行く前なんだそうですね。だから前が一番、たとえばそういうラブホテルみたいなのは朝の通勤時間の前が一番混むんだっていう話をしてました。嘘かほんとか知らないけど、でも、そいつはベテランの会社員だから、わりあいに信憑性があるとおもって聞いていたんですけどね。朝とか午前とかいう観念がわれわれのときとちがってきたんでしょうか。中学生や高校生なら学校へ行くっていうのかもしれないし、もっと歳くった人だったら存外わからないもんね。でも、そうなんだって。会社の勤めの前というのが多いんだって。そいつはかなり大会社の社員だから、きちっと時間から時間の間にはどうもできないみたいなそういうきちっとしたところで、昼休み一時間なら一時間あるけど、一時間終わったらすっともう仕事しなきゃならないみたいな会社だとおもうんです。そういうところでどうするんだっていったら、そうなんだってね。またもうひとり、フランス人の女の人に、あるとき聞いたら、日本の男みたいに会社終わってからどっか飲み屋さんへ行って、特に女の人なんかが給仕したりお酌したりするような飲み屋さんなんか行って飲んで、それでうちに帰ってくるなんていうのは、フランスじゃやらねえっていうわけですね。それじゃいつ浮気するんだって言ったらね、昼休みだって言ってましたけどね（笑）。だから、わりあいに朝とかそういうのがあるんじゃないでしょうか。

男の子と会うっていうか、ちょっと学校に行く前に待ち合わせをして、おしゃべりするだけでもやっぱりちゃんとしていくんでしょうね。そういうのはわかりますね。

だから、そういう中学生は会社へ行きゃそういう同じパターンで（笑）行くっていう感じになるんじゃないでしょうかね。だから新人類というより、いまの風潮というんでしょうかね、そういうのと関係あるような気がしますね。

いつでもOKという感じ。

そうでしょうね。

猫の予感

今日はおうちにいるんですか、猫ちゃんは。

どこかな。いまいるかもしれないですね、この雨降りですからね。

その後、落ち着いて、出たり入ったり……。

ええ、行きますよ、この雨降ってても。出て、ずぶぬれになって帰ってきますね。でも、天気のいい日ほどじゃないです。天気のいい日だったら、もういまの季節だって朝ちょっとたつともういないですね。一匹もいないですね。どっかそこいら辺にたむろしてますね。だけど、雨降りだと、自分でもためらいながら、開けて、ちょいといやだみたいな様子しながら出て行きます。

やっぱり濡れるということがいやなんでしょうね。

いやなんでしょうね。体が濡れるより足が濡れるのがいやなんじゃないでしょうかね。こっちの方はわりに濡れて帰ってきますけどね。足がいやなんでしょうね、きっと。

人間でも、今日、雨降ってますけど、梅雨というか、あんまり気持ちはよくないですよね。よくないですね。

猫もそういう出ようか出まいかっていう心理っていうんでしょうか、それは天気とけっこう関係あるんですか。

あるとおもいますね。少なくても雨と雪のとき見ますけど、冬なんか、よくないですね。やっぱりためらいながら、ああいうべちゃっとしたとこに足つけて、それを振ったりして自分でやってますよ。それでも出て行きたいときは出て行きますけどね。

温度の差より、濡れるのがいやなのでしょうか。

温度の差はいやなんでしょう。猫っていうのは寒がりだから。確かに冬なんか出てなければ寝てますね。暖かいところ探してひとりで寝てますけど、いまどきは外の方が風通しがよくていいもんだから、外に行きますね。天気のいい日は外に行って、寝てるのもそこら辺で寝てますね。なかなか入ってこないですね。だから天気には相当敏感だし、よく猫が耳の上からこうからげたときは、明日、天気がどうだとか言うでしょ。それはある程度当たる気がしますよ。

新聞にもありました。何か猫がしきりに手や顔をなめていると。それで、気象庁に天気が悪くなりますかっていう電話をしたんですって。そしたら予報官は自信を持って、明日は晴れですって言ったそうなんです。ところが、実際には雨が降ったという。

僕はそうおもいますね。結局かなりな程度それは概算として当たる気がします。ここいら辺まで耳をからげずやってるときはいいけど、耳をからげてここいら辺までずっとやってるときは、明日、雨だとか、雨までいかなくても曇りだとか、いい天気じゃないってことのような気がします。それは神秘的でも何でもなくて、湿気が多くなるとここいら辺の毛がかゆいんじゃないでしょうか。敏感に感応してかゆいんで、そうやるんだとおもいますね。それはかなり当たるようです。

ほかにそういう何か、猫のしぐさで、お天気じゃなくても何かわかるようなヒントっていうんでしょうか。猫見てて、こうなるんじゃないかとか、天気ほどじゃなくても、予知というか、猫を通して何かわかるという場面ってありますか。

そうですね。僕らはあまり気がつかないです。ただ、うちの猫なんか見てて、みごとなのは、お客さんが確かにお客さんだって目立つように、たとえば四人とか五人とか来たときは、もうすでにいない、うちの猫はいないですね。もうすぐに外へ出て行っちゃいますね。あれは相当敏感な気がします。見知らぬ人とか見知らぬ気配とか、そういうのが、ふだんと違うってなったときは、みごとにいなくなっちゃいますね。それから、これも別に神秘的じゃないんですけど、たとえば毎年夏になると、一週間ぐらいの間泳ぎに行っちゃうんですよ。そのときには猫をいつもかかっている獣医さんのところに預けちゃうわけです。預けに行くときには、大きなかばんの中に二匹ぐらいずつ突っ込んでふたをして、それで自転車に乗って預けてくるんです。もう行くときが近くなると、なかなかつかまらないですね。もうこれは行くっていうのはわかる。何でわかるのかっておもうんだけど、結局ごそごそがさがさ何か、着替えだとか何とかっていうのを大きいトランクみたいなのに、二、三日前から少しずつ詰め込んだりするみたいにやってるでしょ。それだとおもうんです。その気配と、それで何となく行くぞ行くぞなんて無意識におもっていて、それがあらわれるのかもしれないです。それはてきめんに敏感ですね。つかまるといけないとおもって、みんな行っちゃいますね。もう明日ぐらいそうだってなると、一番敏感なおばあさん猫なんか挙動不審になって、キョロキョロキョロキョロキョロしてたり、ふだんはあまり見せないような親密さですり寄ってきたりとか、もうそれは敏感ですね。すぐわかりますね。それで明日の朝もう午前中は行くから、夕方袋へ詰めて獣医さんのところへ持って行っちゃおうとおもってさがすと、逃げ回っていますね。いなくなっちゃいます。だから、その少し前からこっちの方でも入ったところがあったら、もうそこを閉めちゃうわけですよ。閉めてあんまり出られないように、わからなくするわけです。それでもってつかまえていく。それをしないとたいていわかっちゃいますね。それは敏感ですね。

もっと極端なのは、うちのお風呂場直してもらった大工さんの話です。その大工さんは北海道の人なんですけど、その大工さんは、うちの猫は自殺した、って言うんですね。自殺したってどうやって自殺したんだ、って言ったら、とにかく北海道にいたときに、親猫と子猫を二匹ぐらい、三匹ぐらい飼ってたそうです。戦争中だったけど、引っ越しするという段になって、猫はどうしようかなっていう話を、大工さんが奥さんと話して、あの猫は連れて行くってこともなかなかできないなあ、とか、ここに置いていっちゃうよりしようがないなあ、みたいな話をしたって言うんですね。その大工さんはそう思い込んでいるんだからそうかもしれないんだけど、引っ越しをする前の晩になったら、なぜか知らないけど、二階の部屋じゅうをガタガタガタガタその三匹の猫が駆け回ったりしてたんですって。それでなんでガタガタしてるんだっておもっているうちに、親猫が高いところに登って飛び降りちゃった、って言うんですよ。飛び降りちゃって、それで死んじゃったって、そしたらその子供も死んじゃったって、飛び降りて。大工さんが言うには、どうかんがえたってあれは意図的に死んじゃったとしかおもえねえ、って。ものすごく大暴れしてガタガタ異常なふるまいして、高いところから飛び降りた。飛び降りたって猫っていうのは、こういうふうに普通なら立てるわけなんだけど、そうじゃなく、頭から飛び降りて死んじゃった。あれは自殺だって。その大工さんはいまでもそうおもい込んでいるんですね。だから、猫は自殺しますよ、とか言ってそういう話をしてました。僕はそこまではちょっと、というふうにおもうんですけど、もしかしたらそうかもしれないなともかんがえますね。そこら辺のとこは猫っていうのはわかりにくいところありますからね。

バイトやってて、トラックの運転手の人が教えてくれたんですけど、明け方に東名とか走っているとき、猫がもうほんとピュッと飛んできて、必ず一匹か二匹はねちゃうっていう。そういう猫の明け方の本能というんですか、運転手の人はそう言うんですけども、車が走っててもまっしぐらに行くという、そういうのはどうなんでしょう。

どうでしょうね。猫っていうのはよくほんとに轢《ひ》かれたり、轢かれてつぶされたりした死骸があったりするでしょ。僕は正確なところはわからないけど、僕の理解の仕方では、あれはすくんじゃうんじゃないかとおもうんです。たとえば猫と犬とが遭遇したっていうようなときとか、自分が自転車に乗って、で、こうヒュッと猫さんが飛び出してきたとき、さっとかわせばいいのにっておもうんですけど、とまっちゃうんですよ。あれは習性じゃないでしょうか。だから轢かれちゃうのが多いんじゃないでしょうか。サーッとかわして逃げるというかわし方もあるんでしょうけど、たいていこういうふうに背を低くしちゃって、前足をこうやってすくんじゃう気がするんです、シューッとふいに出てきたりすると。シュッとかわすということはしないですね。そこの場に立ち止まっちゃってすくんじゃうって形をとるから、あれではだめなんじゃないかと、そうおもっているんですけど。

女性ドライバーにそういうふうにすくんでしまう人が多いと聞いたことがありますけど……。

そうなんでしょうね。人間にもそういうことありますね。本当は引き返したいのに何となくそっちの方へ行っちゃったとか、よけたいのにそっちの方へ行っちゃうみたいな気分になっちゃうとか、そういうのと同じところがあるんじゃないでしょうか。それから、だれかが言ってたけど、猫っていうのは視覚的にちょっと違うところがあるんだとか話した人がいました。それはある程度おもいあたるところもないことはないんです。猫をじゃらす場合に特徴があって、こっちに猫がいたとするでしょ。じゃらす場合に、こっちの方がたとえばひもを出して、ひもをとめているときは何でもないですね。で、こういうふうに動かすでしょ。ひもをこういうふうに動かしたり、手をこういうふうに引っ込めたりするでしょ。と、そのときには見てるけども、別に何でもないですよね。だけど、こういうふうに引っ込めていって、これをこの辺ならこの辺で、見えるか見えないかのところで止めたときに、ちょろちょろって追いかけてきますね。それからもうひとつの猫のじゃらし方で、やっぱりひもみたいなもので、猫にぐるぐるぐるぐるひもを回すと、そのあと追っかけてくるくるくるくる回ることがあるんですよね。ところがふいにちょっと反対側に回しても、これはなぜこんなのがわからないのかなっていうほど、何かキョトンとしているときがあるんですね。だからちょっと視覚的に特徴があるんじゃないでしょうか。それも関係がある気がします。動いているものはねらうけども、動いているものが動いているときには飛びかかってきませんね。動いてるものがすっと止まったときとか、動いてるものがシュッと目に見えなくなる瞬間が、シャーッとやってきますね。視覚に何か特徴があるんじゃないでしょうかね。

なるほど。

だから、結局よく轢かれることに何となく関係がある気がするんです。目の錯覚の仕方が人間の視覚とちょっと違うんじゃないでしょうか。

じゃらすというんじゃないですけど、鏡の前なんかで猫はどうするんでしょうか。

猫によりますけど、僕は、一応その顔を見てちょっと確かめるようにしてあとは無関心という猫と、それからちょっと手をこういうふうに鏡のところにやってみたりという猫とあるような気がします。それから、テレビに猫が映っているのを猫が見たとき、よく見てると、一応の関心は示すような気がします。それはごく瞬間的で、すぐに無関心になってしまいますね。だから、あれは具体的な猫じゃないんだっていうのがわかっちゃうようですね。でも、一応はヒュッと耳出して関心持つようです。

山田詠美さん[6]だったとおもいますが、猫と人間との違いということで話していたんです。で、女性は猫みたいとおもいますかって尋ねられていたんですけど、猫と女性との違いは絶対あって、猫は恩を知っているけども、女性は知らないと言ったんです。猫というのは恩ということをわかる動物なんでしょうか。

いや、それはどうでしょう。猫はそういうときにやっぱりあんまり恩とか親しみって瞬間ごとなんじゃないでしょうか。猫っていうのは、あんだけかわいがったとか、あんだけよくしてやったのにとかっていう人間の方のおもい込みなんかは通用しないふるまいをするんじゃないでしょうか。山田さんのはどうかな。逆説で言ってるような気がします。

この写真ごらんになりましたか（二一〇頁図1参照）。

見た、見た。これテレビか何かで見ました。

よく写真を撮ったものだとおもいました。

これ飛びかかっていって。

そうなんです。

それで何回かこれをやったとこを見たとおもうんです。この猫の飛びかかり方がうまくて、はじめのころは確かこういうふうに飛んでいて真っ正直に飛んだ場所へ行くと、鳥の方がシューッとかわしちゃうんですね。だんだんそれやっていくうちに、猫の方は飛びかかるんだけど、空中に上がってからギュッと体をひねって、曲がってスッといくと、その曲がる方向に鳥がいるようになります。これ一度空中に上がった上でサーッと体をひねってそっちに飛ぶんですね。そういうの覚えて、この場所だったかな、もっと小さい鳥だったかな、それで鳥をとっちゃうというとこ確かありましたよ。はじめはそうじゃなくて、正直に来るところめがけて飛んでたんだけど、次には反転することをちゃんと覚えて、とにかくその方へ飛びかかるふりをして飛び上がるんです。飛び上がってからもう一度体ひねるんですね。そして、少し姿勢を変えるみたいな、そういうのをやってるの確か見ました。うちの猫は、そこへくる小さな鳥ですけど、やりますね。鳥がスーッと行く方向に、ちゃんとよく知ってて、ヒューッと体を空中でひねって、少し曲がってたりしますね。逃がすときの方が多いですけど、ときどきとっちゃいますね。とってくわえてきます。この写真では飛び上がったんだけど、とれなかったんじゃないですか。

こういう写真は猫ファンにとっては一種こたえられない写真なんでしょうか。「大物に挑む　これぞノラネコ魂」なんて、ここにも書いてありますけれどもね。

一般論で言えば、猫っていうのは、鳥でも羽を広げまして、自分よりも広げたときに大きかったら、大体だめじゃないですか。だから、うちの猫なんかでも見てると、カラスがきたときにはだめですよね。自分の方から敬遠してしまいますね。もちろんカラスの方は追っかけてはきませんけれども、カラスがそこにいるのに、それをねらって飛びかかっていくなんていうことはないですね。敬遠しますね。だから、一般論としてはこんなことは珍しいんじゃないですか。猫としてとても貴重な情景じゃないでしょうか。これだったら本気になったら逆にとられちゃいますね、猫の方が。食われちゃいますから、これ珍しいんじゃないでしょうか。うちの猫だったら、カラスじゃあもうだめですね。そのかわり小さいのに飛びかかっていくし、ハトもいるんですけど、ハトぐらいまでなら飛びかかっていきますね。カラスもくるんですけど、カラスがくると全然知らんぷりして顔そむけちゃってますね（笑）。カラスの方ももちろん飛びかかってくるほどの気持ちはないですね。これはそういう意味じゃとても貴重だっていうことです。珍しいですね、確かに。猫がこれだけの大きさの鳥に飛びかかっていくというのは、一般にはありえないですよ。ネコ科にきくマタタビ[7]ってあるでしょ。マタタビを、ライオンとかトラとかそういうのに有効かどうか、多摩動物公園でいつかやったことあって、やっぱり有効ですよね。

あ、有効なんですか。

有効だけど、あんな猫ほど狂ったようにはならない。挙動不審になりますね。

吉本さん、動物園なんかにもときどき行かれるとおもうんですけど、たとえば、トラとかライオンとかごらんになって、やっぱり猫と似てるなとか、猫と違うなとか、どうして猫というものが出てきたのかとか、そんなことをかんがえられることありますか。

よくライオンとかトラは見てますね。ふだんは足を投げ出してどってりしていて、眠っているのか起きているのかわからないようにしているんだけど、ほかの獲物になる動物がくると、よくテレビなんかで見ていると、何思い出したかむっくり起き上がって、それでできるだけそばまでのそのそ隠れるようにしていって、急に飛び出す。追っかけ回して、ある程度以上追っかけ回してつかまらないと、もうハーハーハーハーしちゃってあきらめちゃうでしょ。あれはとてもよく似てますね。ときどき子供にくっついてここのお寺の中を散歩するでしょ。呼ぶと、一緒にくっついてくるんですね。だけど、このお寺を半周するころにはくたびれちゃってね。それまでは先になり後になりしてくっついてくるんだけど、ハーハーして、そこにどてっと、墓石のところにはらばって（笑）、すぐくたびれちゃうんですね。あれとてもよく似てますね。相当速く活発に動いたり駆けたりするんだけど、長続きはしないですね。だから長く追っかけることはできないから、ある程度追ってつかまんなきゃもうやめますね。これはライオンでも同じですね。トラでも同じとおもいますね。

猫のことを知ろうとおもって注意していると、新聞なんかによくあるんですね、猫の記事って。

僕も好きだから、テレビや何かでそういうのがあるとけっこう見てるんです。本でよく書いたのだれかいないのかな。やっぱりムツゴロウさんなんていう人は本気になって書いたら、相当よくわかってるんじゃないかなって気がします。

そうですね。吉本さんは畑さんのこと、どうおもわれますか。あの人は猫だけじゃなくて、いろんな動物とつきあっている。

動物全部にすごいですね。

人間と動物との境界がないようなつきあいをしているようにおもえますね。

人間が動物をかまってるっていうふうにはおもってないところがありますね。もちろんおもってるところもあるから牧場をやっているんでしょうけど、ほんとに動物と同じ水準というか水平線というか、そういうのになれる人ですね。それでやれる人ですね。つきあえる人でしょ。それはやっぱり珍しいですよね。ふつうどうしてもそうじゃないですよね。こっちの方がかわいがっちゃうとか、ちょっと目下だって感じでつきあうことはできるけど、ムツゴロウさんはほんとですね。本格的にそういう意味では同じ水準でつきあうことのできる人ですね。だから、ああいう人はやっぱりすごいんじゃないでしょうか。

その場合、努力してそうなったのか、それとも天賦っていうか、何か本来的にそういうテレパシーみたいな能力があったのか、そのへんはいかがでしょうか。

もちろんどちらの場合もありうるわけでしょう。つまり、別に天賦じゃなくても、そういうふうにほんとに好きな一匹の動物なら一匹の動物とのつきあいっていうのから入って、そういうふうな水平線にいくっていうことは可能なんじゃないでしょうかね。やればできるんじゃないかな。普通はそこまでできないから、どこまでかいくと、すっと障壁みたいなのが入っちゃう。そうすると動物っていうのも敏感だから、すぐにわかっちゃう。それ以上はもう同じ水平線までいけないっていうのが、ふつうの人の動物の飼い方とかつきあい方だとおもうんです。あの人の場合にはその障壁をもっととっぱらってということができちゃうまでやっちゃったということはあるんじゃないですかね。僕の知ってる人で、去年亡くなりましたけど、山下菊二(8)という絵描きさんがいたんですけど、その絵描きさんは鳥や動物、もちろん犬とか猫も好きなんだけど、鳥なんかよく飼っていまして、タカみたいなのからフクロウみたいなのから、小さな鳥も飼ってるわけです。そういうのは全部部屋の中に共棲状態でした。一緒に住んでて、かごなんかに入れてるんじゃなくて、部屋で飼ってるわけですね。勝手に冷蔵庫なんか開けると、鳥のエサばっかり入ってて、もう全く同じ水準で、鳥と一緒に暮らしていました。あの人はそうだったですね。それが完全に同等な感情でもって飼っていましたね。すごい人でしたね。だけど、畑さんという人もそうかもしれないけど、そういう人は最初は人並み以上に人間嫌いで、孤独だっていうことがあったんじゃないかなって感じはします。あそこまで徹底的にやれたっていうことは、そうじゃないかなと僕にはおもえますね。

吉本さんがだれそれのお宅に行って、そこで猫とか飼っているとしますね。そうすると、あ、やっぱり似てるとこがあるなとか、猫の飼い方とか雰囲気っていうんでしょうか、猫を取り巻く環境というか。それが、あ、ちょっとうちと違うなとか、それは猫であれ犬であれかまわないんですけど、そういう飼っている人同士の、似てるところあるいは違うところというか、そういうのはどういうふうにおもわれますか。

それは同じだなあとおもえるところと違うっていう人もいますね。結局どこで同じというように自分がおもうかっていったら、ただの猫っていうのおかしいけど、要するにごく普通の。やっぱり血統書つきだとか、相当高価だぞ、これは、っていうのを飼っているところと、そうじゃなくて、どうかんがえたってこれは野良猫が偶然入ってきたのを、あまりそういう意味の取柄っていうのは別にない、つまり、値段なんかとてもつきそうにないっていう、そういう猫を飼っている人とは違うような気がします。自分はどちらかと言えば、そのなんでもない猫っていうのを飼ってる方に属するとおもいますね。だけど、ほんとに外にあんまり出さないようにして、そのかわりちょっとこれは数万円するぜとか、数十万円するぜ、っていう猫を飼ってる人はいますね。それは、もったいないですからね、逃げちゃったら（笑）。だからあんまり外には出さないんですよ。閉めて飼ってるんですね。そういう人はいますね。これまた山下菊二さんみたいなのは、もっと違うんですね。完全に同等なんだから。どういったらいいんでしょうか、猫の毛がそこら辺ふわふわしてたって、どうなったって、そんなことはどうでもいい。何でもないっていうか、いいんだっていう飼い方ですね。ちょっとそこまではふつうやれないですね。うちの子供がもしかするとやれてるし、ひとりだったらやりそうな気がしますね。おふくろに怒られるからそこまではやらないとか、何となく居間がだめになっちゃうからやらないけど、ひとりだったらやりそうな気がしますね。またそこら辺までできそうな気がします。だけど僕はいまはそこまで飼い方がいってない気がします。だから何段階かあるんじゃないでしょうか。飼い方っていいましょうか、猫の居方っていうのがあるんじゃないでしょうか。

注

（1）畑正憲（一九三五―）作家。学習研究社で動物記録映画の製作をした後、北海道に移住。浜中町、中標津町に計約五〇〇ヘクタールの「ムツゴロウ動物王国」をつくる。ムツゴロウは主に有明海に生息するハゼ科の魚で、畑正憲氏の風貌が似ているところから命名された。

（2）『子猫物語』脚本・監督＝畑正憲。製作＝フジテレビ。一九八六年。

（3）『四季』詩誌。第一次は堀辰雄編集、一九三三年五―七月の全三冊（四季社刊）。第二次は堀辰雄、三好達治、丸山薫の共同編集で、一九三四年から一九四四年まで月刊で全八十一冊刊行される。この第二次において、津村信夫、立原道造が参加して昭和十年代の抒情詩の一方向を定めた。これら四季派の詩人たちと他の現代詩人たちを区別するものとして、四季派の詩人たちが「自然」詩人であったことを吉本氏はいう。「かれらは、じつに、中世詩人たちとおなじように、詩的想像の世界を、『自然』と、自己の内的世界とのかかわりあいにおいた。これは、高度に機能化された現代社会では、逃避を意味しただろうか、たしかに逃避を意味したのである。しかし、これらの詩人たちは、主として自然物と対話することによって、日本の社会の伝統的な感性を、意識化することに成功した」（吉本隆明「戦後詩史Ⅰ」、ユリイカ版『現代詩全集』第一巻）

（4）鮎川信夫（一九二〇―一九八六）詩人。一九四七年、田村隆一らとともに詩誌『荒地』を創刊。戦後詩の理念を説き、同誌の主導的な役割を果たした。詩集に『鮎川信夫全詩集』など。

（5）新人類　これまでなかった新しい感性や価値観を持つ若い世代を異人種のようにいう語。一九八〇年代半ばに登場した。

（6）山田詠美（一九五九―）小説家。一九八五年、『ベッドタイムアイズ』で文藝賞受賞。

（7）マタタビ　マタタビ科のつる性木本。猫はマタタビをよく好み、マタタビをかじると酔ったようになる。

（8） 山下菊二（一九一九―一九八六）洋画家。シュルレアリスムの影響を受ける。台湾、中国への兵役体験により、贖罪と救済を絵画の課題とする一方、呪術的、土俗的なもののイメージ化にも取り組んだ。

Ⅲ　種族としての猫というのは、犬に比べたら、横に生活している気がするんです。

猫の「なれ」

猫についての本をいくつかまとめて読んだんですけど、そういう本って、なるほど猫の生態とかはわかるんですけど、それだけというか、どうもそれから先へと関心が引っ張られていかない。吉本さんは実際に猫と毎日接していられるわけですから猫の生態とか行動パターンについては熟知されているとおもうのですが、猫についての本など読まれる場合、どういうことがつかめたらとおもわれるのでしょうか。

いちばんそこが猫の興味深いところでもあるんでしょう。そのいちばんのきっかけになってるのは、猫は種類でとても人なつっこいのと、そうじゃないのと差がありますが、なれてかまうと人間が飼ってきた動物の中では、いちばん人間によくなれ親しんで、また逆に人間から親しまれてきていることでしょう。それでもどっかでどうしても人になれていない感じがつきまといます。それがどこからくるか、やっぱり基本的にそれがいちばん知りたいですね。そこから行動の形、たとえば何かあるとどっかへスッと出て行っちゃったとき、存外ほかの家でも、やっぱり自分の家にいるときと同じ、あるいはそれに近いくらい親しいふるまいで、けっこう上がりこんで仲良くしているんじゃないかなみたいなことを想像させるもとだとおもいます。ほんとにそうかどうか、知りたいですね。基本はそうですよね。どっかでなれていないというところはどこに由来するだろうかと首をかしげますよね。それでいて甘えてとても親しんでというふうにふるまう。いくら親しくなれてるようにふるまわれても、どっかで違う。ほんとにはなれていない。これは犬でもきっと種類があるんでしょうが、僕がつきあった犬では、猫ほど親しいようなそぶりを見せないけれども、ほんとうの意味では大変よく理解しているし、とにかくこちらの気ごころもよくわかっているという感じを持たせるでしょう。だから犬ってわかるっていうか、とことんまでわかる感じを持たせます。猫は絶対持たせないですね。そういうのはどこからくるのか、ほんとうはそこがいちばん知りたいですね。そこをストレートに解剖している本に出会いたいわけですよね。いまのところは出会ってないですね。

たとえば、この小原秀雄さん[1]の『ネコはなぜ夜中に集会をひらくか』によりますと、「イヌは群れで暮らす動物であり、ネコは単独で暮らす動物であったことが、両者の性質を決定づける最大の条件であった」といわれているんです。まあ、それがすべてじゃないとはおもうんですが、吉本さんはこういうかんがえ方に対してどんなことをおもわれますか。

いちばんおもうのは、やっぱりほんとかね、ということじゃないでしょうか。単独っていうのはどういうことを意味しようとしているのかってことです。生まれて数ヵ月経つと猫は一人前になりますからね。もう自分がそのころ子供産んだりしますからね。そうすると一人前になったときには、もう親から離れて、習性としては自立して食べ物をさがしに行っちゃうという意味なのか。つまり、逆に親の方からいえば、もう一人前になったとおもったときには、子供ほっぽり出して自分だけでどっかへ行っちゃうとか、そんなことを意味しているんでしょうか。そこがよくわからないんですね。ほんとのところは、そう言っている意味がよくわからない。動物学者が言う意味で厳密に言っているのか。つまり、猿は社会をつくってボスがいてとかっていうのと同じ意味で、産んで一人前になったらもうおっぽなしちゃって、もう知らんぷりしちゃってどっかへ行っちゃう、親は親で行っちゃうし、子供は子供でどっかへ行っちゃうという意味なのか。よくわからないですね。そう言われても、ほんとにそうかねえっていう疑問も持ちます。

それに関連してといいましょうか。やはりこの本の中で、「生まれて二、三週というこの期間はまた、人が子ネコと、十分に接触してやらなければならない期間でもある。この時期、人間とまったく接触しなかった子ネコは、一生、人とうまく暮らすことができない」というようなこともいわれているんですが、この点についてはどうおもわれますか。

確かに親しくなるという条件ではあるんじゃないでしょうか。条件ではあるけど、子供が生まれてから二、三週間親しくしたら、大きくなったら猫と親しくなれるかなんていったら、僕はそうはおもわない。逆も真とはおもわないですね。だけれども猫と親しくなることの条件、必須条件だというふうにはおもいますね。乳児のときによく世話をしたり親しんでってすることは必須条件だけど、猫ってそういうふうにしてやれば、大人になったら必ず親しくなるかというと、そんなふうにはおもえないんです。やっぱり猫ってどうしてもわからないところあるぞっていう気がします。つまり、全部の行動を把握するってことは、いくら親しくしてかわいがっている猫でもできないんじゃないでしょうか。人間も同じですね。生まれる前と生まれてからだいたい言葉ができるまでの間に親しくしていることは、大きくなってから親しくなることの絶対条件でしょう、逆にそういうふうに親しくしていれば、大きくなったら必ず親しくなったまんまかといったら、そうはいかないですよ。同じことですよね。

そこで、今日は、先ほど言われました「なれ」についてお聞きしたいと思います。『試行』[2]の六十七号、「心的現象論」[3]の「原了解以前」の項で、ちょうど猫のことをお書きになっていますね。「なれ」のことですけども。つまり「動物生はエディプスそのものの貫徹にほかならない」、「動物は生存していることがエディプスそのものであるような生存を貫く生物のことをさしている」と。このことは猫なんかを見ているとすぐに理解できるということで説明されていますよね。つまり、三代の猫がいて、最初の猫、捨て猫っていうのは、たとえば、「世話を焼いたものには馴染むとして、ほんとうは孤独で身を堅くして人間に気を許さない。見掛け上、折り合いがつくような状態になっても、ほんとうは狃れることはない」と。次に、二代目の猫ですね。これも「やはり、心底からは人間を容れない」。「三代目になって生まれてきた子猫になって、はじめて周囲を警戒する孤独な構えを忘れて馴れるようになる」というふうに書かれていいます。この猫の「なれ」ということについてもう少し具体的にお話しいただければとおもいます。

たぶん、岡田さんの言われたことには二つのことが入っています。一つは、種族としての猫というのは、犬と比べたら、横に生活している気がするんです。だから、そのうちでほんとになれている猫でも、たぶんどっかでは人間とは違った別のつながりとか別の世界を持っていて、それは人間の世界とたてよこの違いがあります。ここの家で一生懸命飼ってよくなついているから、これはうちの猫だなんておもっていると、誤解を生ずるとおもいます。たとえば、ある時間帯はほかの家の方へ行ったり、ほかの家の猫と仲良くしててほかの家でかわいがられたり、というようなことをしているとおもった方がいいところがあります。とてもなれている猫でもそうじゃないでしょうか。猫の種族としてそうなんじゃないでしょうかね。ムツゴロウさんのテレビを見ていて、猫が映っていると、やっぱりそうですね。黙って後をカメラが追っかけていくと、何かよその家の窓から入ってとか、そこの猫と仲間になってとかやってて、のそのそまた帰ってきます、時間になったら。そういうの撮れてたですけど、僕もそうおもうんで、種族としての猫はそういう習性なんじゃないでしょうか。そんなに人間と全面的になれあうことはないんじゃないでしょうか。犬はたぶんかわいがればれ、かわいがられたということもわかって、また人間からすれば忠実で、そこの家の人につくとか、そこの家の家長といったらいいんでしょうか、つまり、そこの家のいちばんえばってそうな人がだれかをよく知っていて、それでなついていてというようになりますね。猫はそんなことはないとおもうんですけど。

もう一つは、いまの、そこに書きましたのがそうだとおもうんだけど、人間も同じなんで、子供のとき捨てられちゃった、親から離されちゃった、子供といってもおっぱい飲むようなまだ乳児のときに捨てられちゃったという猫は、なかなか、大きくなってても家になれていないようで、やっぱりなれないということあるんじゃないでしょうか。僕のうちの例でいえば、いちばんおばあさん猫がいるんですけど、岡田さんたちがこの前来られたときには生きてたんだけど、その後、その猫、近所で交通事故で死んじゃったんです。その猫が初代なんですけど、その猫はうちの子供にはちょっとは抱かれるんですけど、僕らだったら抱かれるふりするっていうか、ちょっと五秒か十秒じっとしているけど、スッと逃げよう逃げようとします。どうしてもぐったりと抱かれてというようなことはなかったですね。その子供もやっぱり、これはいま、いますけども、わりによくなれている猫なんですけど、それでも抱こうとしたらスポッと逃げちゃうんですね。少しは抱かれてますけど、すぐ逃げちゃいます。そのまた子供がいるんですけど、それはもうほんとにぐでっというふうに、抱けばいつまでも抱かれていますし、警戒心も解いてしまう。それを見ていると、やっぱり乳児期っていうか、そういうときに野良さんだったということ、それからその野良さんだった親の子供というふうなところまでは、なかなかうまくほんとうにはなれないものだなと感じます。種族としてという意味じゃなくて、親子の問題としてということでしょうかね。野良さんの血筋があるんだなという感じを持ちましたね。そのまた孫猫もいますけど、これはもう全然そういうのはないですね。すぐごろんとねころんで、親愛の気持ちをあらわしますし、抱かれます。そうなってきたら、もうほんとにうちの雰囲気に安心感を持ってるという感じがします。種類はみんな同じ猫ですから、同じ親の親から出た猫で、みんな同じ種類の猫だから。猫でも種類によって違いますけども。だから、たぶん野良さんの習性がどこかで消えることじゃないかなと、僕はそうおもったわけです。

猫の聴覚

どちらもどちらなりにそれぞれにおもしろいということでしょうか。

そうですね。いろんなことがおもしろいです。野良さんというのはおもしろいですね。やっぱりうちと裏の家とで食べ物を出している野良さんがいたんですけど、その野良さんがいなくなっちゃったんですね。裏の家の人は自分の娘さんがまだ中学生ぐらいのときにやってきた子猫で、かわいがっていたんで、家には入れなかったけど、食べ物を支給していたという猫なんです。それで僕ん家《ち》越してきてから僕ん家も食べ物やるものだから、両方に来ていたんですけど、それいなくなっちゃったんですね。裏の人はもう涙流して、死んじゃったんだというふうに思ってました。つい一ヵ月ぐらい前のことです。野良さんの習性っていうのは、何となく死ぬときはいなくなっちゃうんですね。この頃はそうじゃないのもいますけど、ふつういなくなっちゃうんですね。それで死ぬときはいなくなっちゃうのかなっていうのは、ほんとはよくわからなかったんですよ、子供のときから。子供のときからわからなくて、それから後ここ数年の間に体験したことは、猫も世代が進化するのか知りませんけど、前の家にいた猫なんていうのは、うちの猫もそうですけど、ちゃんと箱に入れてやったりしたら、そこで死んだんです。だから子供のときから思っていた先入見は違うのかなって、初めて体験したんです。猫が死ぬときに、ちゃんと箱のなかでおとなしくして死ぬっていうの初めて体験したんです。そういう猫も出てきたような気がするんです。一般的に僕が子供のときから体験してた習性では、死ぬときにはスーッといなくなっちゃうという感じでした。それがどうしてなのかっていうのは、それもまた種族の習性なんだっていえば、それまでのことなんです。でも、どうしてなのかっていう疑問を持ってたんです。そしたらたまたまこの本（デズモンド・モリス(4)『キャット・ウォッチング Part II』）みてたら、やっぱり一理屈立ててるわけですよね。

それだと、死にそうになって体力が弱ってくると、明るいところとか刺激のあるところとか、そういうことに耐えられなくなるっていうんですね。それでその理由として、猫っていうのは格段にすごい、つまり聴力が優秀なんだそうですね。聴力が優秀だから、いわゆる人間の聞こえる音だけじゃなくて、超音波みたいなそういう領域の音まで聞こえるっていうんですよ。それだから人間がうるさいとおもうよりはるかに音は聞こえるはずだっていうんですね。死ぬ間際になって体力が衰えてくると、その耳があまりに鋭敏なというか、すごい音の刺激に耐えられないものだから、やっぱりどっかふだんいるところから出て行って、どっかの暗いところの、何か人があまり来ないような暗いところで死ぬんだっていうふうに書いてありますね。そういう理屈が、ああ、それは一つの理屈だな、とおもって感心して読んだんです。そういうふうに書いてありましたね。だからそれじゃないかっていうのが、この人の理屈ですね。猫が死ぬときにはどっかへ行って死んじゃうという理屈ですね。

その理屈は理屈でなるほどとおもわれますけれども、吉本さんご自身はその理屈を前にして、やっぱり一〇〇パーセントOKじゃなくて、どこかでそうじゃないんじゃないかとおもわれるところがありますか。

そうおもうところあるんですね。それはよくわからないんですけど、二回あって、一回目も二回目もそうなんだけど、要するに近所でご飯をやってるんだけど、家の中には入れているわけじゃない。家に入れると、猫社会がまた大騒ぎになりますから入れないんだけど、来ると何かご飯とかそういう食べ物はやるっていうふうにしている猫がいたんです。その猫やっぱり、これは寒いときだったんですけど、近所のところで倒れたりふらふらしてて、近所の人が、おたくの猫じゃないんでしょうか、って言いに来たから、急いで行ったんですね。そしたら、うちの猫じゃないんですけど、うちで来るとよく食べ物やってた猫なんですね。だから、うちの猫じゃないけど、うちでよく食べさせた猫ですって言って、連れてきたんですね。で、やっぱり箱に入れて下からホカロンか何かで温めて、それで寝かせてやるんですね。すると少し経つともうふらふら自分で立ち上がって、そこから出て行っちゃうんですよね。それで何回もやっていまして、一等最後はふらふらって出て行く気力もなくなって、うちでその箱の中で死んだんです。それなんか見ていると、明るいからとか音がするからふらふら出て行くっていうふうにはとうていおもえなかったんですね。根拠がないんじゃないかっていうか（笑）、理屈は理屈だけど。そういうの二回あるんですよ。もう一回は、そういう猫が少し遠くでふらふらしてたんです。それはうちの子供が偶然通りかかって、おやっておもってそのふらふらしてる猫見たら、うちでよく食べてる猫だったんです。で、やっぱり連れてきて、また油断していると出て行っちゃう。そういうのあったんですよ。二回もあったんですけどね。それ、どうも何か音が、刺激に耐えられないからなんてことのようにはとてもおもえないものですから。だから、とてもいい理屈だというふうにおもったんです。でも、それで全部解決できるのかなということは疑わしいですね。それよりも何か本能的なものがあって、死ぬときはこう、どこをどうするつもりかはわかりませんけど、行き倒れみたいになって死ぬみたいなふうな、遺伝子的本能みたいな、そういう解釈の方がほんとはいいのかもしれない気もするんです。よくわかりません。

先ほどの初代の猫さんですか、交通事故にあわれた、と。よく猫って車に轢かれたりしますけど、その場合は、純粋な事故なのか、それとも弱っていたんでしょうか。

それはいろいろな解釈するわけですね。ここに書いてあるんですけど、年取ってくると聴力、それから嗅覚が相当衰えてくる。つまり、それは岡田さんがくださった切り抜きのとおりで（左の表参照）、猫っていうのは十年も経つと、もうものすごい、人間でいえば百歳近い老人みたいになるでしょ。それだから、うちのそのおばあさん猫も、そういうふうに言われるともう十年前後経っているんですよ。そうすると相当なおばあさんだし、ということは、いるときもわかってましたけど、だからたぶんこれの解釈によれば、本来なら音とか何とかで聞き、サッと身をかわしちゃうはずなんだけど、それがあまりできなかったんだなというのが、ひとつ解釈になるんですね。だけど僕らは、交通事故のときに駆け出して行ったんですけど、子供も行ったんですけど、ものすごく聡明な猫で、すばしっこくてというか、反射神経よくて、頭のいい猫っていうか、何かちょっと人間化しているような猫で、何でもわかっちゃうみたいな、たとえばそれこそ夏にどこかへ、さて、行くか、なんて言って少し荷物や何か持って行く物入れたりすると、すぐもうわかっちゃう。そういう猫で、そのおばあさん猫がわかっちゃうと、みんなわかっちゃう。みんなわかるんですよ。何かみんなそわそわガタガタしだして（笑）、そういう猫だったんです。すごく聡明な猫で、ミーコっていうんだけど、ミーコほどの猫が事故にあうなんて信じられないってすぐにお

猫と人間の年齢対比表（『the CAT book ネコ』婦人画報社より）

人間	猫
20日	1日
6ヵ月	10日
1歳	20日
2歳	40日
3歳	60日
4歳	80日
5歳	100日
6歳	4ヵ月
9歳	6ヵ月
18歳	1年
25歳	2年
30歳	3年
35歳	4年
40歳	5年
55歳	8年
65歳	10年
90歳	15年

もったんです。それほどの猫でしたけど、この解釈によれば、もう聴力や何かは衰えてていうのがあったんだろうとおもいます。それで少し鈍くなっていて、よけられなかったみたいなのがあるんでしょうけどね。

もうひとつあって、そこがみんなが引っかかっています。僕よりうちのやつとか子供とかっていうのは、そのおばあさん猫をもっとかわいがっていました。ひとつそのまえに異変がありました。東京の湾岸なんですが、浦安のちょっとこっちに江戸川区立のホテルがあるんですよ。岡田さんなんか知ってるでしょうけど、深夜叢書社というところの齋藤（愼爾）君が、あそこら辺に住んでいるんです。遊びにみんな来ませんか、とか言うので大勢で行って、江戸川区立のそのホテルに泊ったんです。そしたら夜なんですけど、ホテルの庭に猫がいたんです。うちの子は好きだから、しっぽの短いというか、いまではきっと珍しいんでしょう、純日本猫なんです。食べ物の欠乏でふらふらしてたもんだから、連れてきて、何だ何だ、お腹がすいているんじゃねえか、とかみんなでかまってたんです。そしたらそのホテルが江戸川区立だっていうことでとくにそうなのかもしれないけど、ホテルのボーイさんが、猫を連れ込んでもらっちゃ困ります、って言うわけ。いや、連れ込んだわけじゃなくて、庭にいたから、いまここに連れてきてるんだと言うと、いや、そういう規則だから困ります、捨ててしまうか、そうじゃなければ退宿をしてください、って言う。その言い方でみんなカンカンになって怒りだしちゃって（笑）、何言ってんだ、おまえは、なんてやりだしたんです。そしたら、いや、もう規則ですから、と頑強に捨てるかホテルを出るかと主張する。規則なんてそんなことはよくわかってる、だがなあということでさんざんけんかしまして、とにかくうちの子供が連れて帰って、それを一時置いて、それでまた来るからって言って、葛西から猫連れていきまして、かごの中に入れて、また帰ってきたんですね。そういうことがあったんですよ。その猫が、そういういきさつもあったから、だれかもらい手いねえかっていうんで、もらうっていうのが一人いまして、あげちゃうことになりました。それまでうちで世話して体力をつけたりしてなんて言って置いたんです。そしたらいままでいた猫がおもしろくないわけですよ。おばあさん猫は特に敏感だから、あんまりそばにも寄りつかないし、目覚めるとすぐどっかへ行っちゃうみたいで、おばあさん猫が変なふうになったというか、がっくりしたっていうか、いままで自分がかわいがられたっていうのが、ちょっと異物が入ったという感じだとおもうんです。ほかの猫もみんなすこしおかしくなったんですね。そんな状態になって、もらい手にやるまで世話していたんです。そういうのがあって、気分的におもしろくないっていうんでしょう。だから、うちのやつとか子供に言わせると、自殺に近いみたいな、そういうふうだっておもえて、両方とも、二十日ぐらい鬱状態になっちゃったですね。僕はそれほどじゃなかったけど、かわいがってはいましたからショックはショックでしたね。だけどうちのやつとかは、ちょっと正気じゃねえくらいにがっくりしたんです。その拾ってきた猫の赤ちゃんの世話をしすぎで、もうちょっとかんがえるべきだったみたいな悔いがきっとあったんだとおもいます。そんなことがありました。

なぜそういう解釈をしたかっていうと、家のすこし先を曲がったところで轢かれて死んだんですけど、おばあさん猫のふだんの挙動からいって、そっちの方へあまり行くはずがないとおもえたんです。たいていこっちのお寺の墓にいつでも行くんですね。それを道路から向こう側へ行ったんですね。それでこっちに渡るときに轢かれているんですけど。だからあっちの方へ行くっていうことありえないんだけどな、っていうのが気持ちに残るんですよ。年寄りで耳の反射神経が鈍くなったというのだけじゃなくて、やっぱりおもしろくないなというのがあって、ちょっと違うところへ行って、慣れてない道を通ってということだったんじゃないかなと家のものはみな解釈したんです。

この人（モリス）は聴力でみんなそういうのは解釈しようとしていますね。とてももっともらしい、根拠のある解釈だなっておもいます。でも、それが全部かなっていうと、ちょっと信じられない気もします。

種族としての犬あるいは猫なんですけども、犬の場合はそこの飼い主っていうか、人間に愛着をおぼえ、猫の場合はそこの場所にっていうんですか。それは猫の野生時代からの本能が残されているから、そういうふうな違いが出てくるんだという言い方もあるんですけど、このへんに関してはどのようにおもわれますか。

子供のときから猫は相当絶え間なくいたような気がするんです。そんな子供のときからの先入見でみると、猫と人間の関係は、親密化したというのか、それとも飼い猫化したっていうんでしょうか、野性がなくなったといえばずいぶんなくなっているんじゃないでしょうか。子供のときはなんにも気にもしない、かんがえもしなかったけど、猫は、けっこう人間と同じように、同じウイルスかどうか知らないけども、風邪ひきますもんね。風邪ひいて、うちの猫なんかのどがゼーゼーゼーゼーしてたり、くしゃみしたり、人間とかわらないですね。あんなの子供の頃の猫にはいなかった。気がつかなかったのかもしれないけど、なかったような気がします。また飼う方でもほっとけば治っちゃうみたいにおもってたけど、いまだったらうちでも獣医さんのとこ行って風邪薬ちゃんともらってきて、飲ませたりしますから、そんな意味から、ずいぶん猫の方も人間化したっていうのでしょうか。飼い猫化したっていうんでしょうかね。その度合いで進んで、野性が少なくなったということもあるでしょうし、人間の方もそうなってる気がします。猫がちゃんと箱の中でホカロンか何か入れてもらって死ぬなんていうのは、ちょっと子供のときはかんがえられもしなかったですし、なかったようにおもうんです。いまそういうことありますから、びっくりしちゃうんですね。ずいぶん野性がなくなった。そこはよくわからないところで、野性がなくなったって、倫理的になったというか、いいことなのか。また別の問題がありそうですね。そのためにずいぶん猫は長生きするようになってるんじゃないでしょうか。

その野性となれはとくに関係はないのですか。

基本的に猫が人間化したからなれもよくなったとはおもえないんですね。種族としての習性はそんなに変わってない気がするんです。いくらかわいがって、飼い猫化の度合いが進んでも、種族としての習慣はあまり変わらないんじゃないかっていう気がします。

猫というのは発音の違いで理解するんじゃなくて、その場の状況に応じて判断するというふうな書き方をしている本があったんです。人間が何か言ったときに、発音の違いじゃなくて、状況でパッと判断して、うまく人間に対応するといわれているんですけども、そんなのはどのようにおかんがえになりますか。

それは簡単に言って、うちの猫が外で遊んでるとしましょう。それからほかの家の猫とか野良さんが遊んでるとしましょう。僕は好きだから、ニャンとかいって通りかかるときにやるでしょ。それでやっぱり違いますよね。人の家の猫とか野良さんは、一応注意はしますけど、注意を向けますけれど、よっぽどのことがないと近寄ってきてどうっていうようなことをしたり、こっちが近寄ってちゃんと触らせたりというようなことはしないですね。とくにまたくっついてくるなんてことはしない。うちの猫は外で声をかけたら調子いいときは後くっついて帰ってきたりとか、一緒に戸が開いたとき入ってきちゃうとかっていうことをしますから、多少そういう違いはあるんじゃないかって気はします。なれっていいましょうかね。それは声で聞き分けるのか、顔で見分けるのかわかりませんけど、うちの猫とよその猫じゃ、声をかけたとき注意の向け方が違うから、もしかすると声の判断かなっていう気もします。この本見ると、なにせこの人（モリス）はもう二〇メートルぐらい離れてて、四〇センチ違うところの音源は聞き分けると確か書いてありましたよ、「彼らは二〇メートル先からたった四〇センチしかはなれていない二つの音を区別できる」と。だから、もちろん声の区別ができるって言ってるわけでしょうね。もしこの人の言うとおりだとすれば、すごい気がします。きっと声の高低とかそういうものとかみんな聞き分けているっていうことになるんでしょうね。この人は室内実験とかいろんなことやって、その上で言ってるし、また実験は可能ですよね。

それと関連するかもしれないんですけど、人間の喜怒哀楽って感情ありますよね。そのなかでも猫は人間の怒、怒りにより敏感だっていうふうな意見もあるんです。これもやっぱり怒ると声が大きくなるとか、また聴覚と結びつけられちゃうかもしれませんけども、吉本さんの場合、猫とつきあわれていて、自分の喜怒哀楽というか、何に敏感に反応するかと、そんなことかんがえられたことありますか。

ほんとはよくわからないです。それほどの観察者じゃないですから。僕はそ振りにいちばん敏感な気がするんです。気持ちを読んじゃうということもあるのかしれないけど、うちの猫でも、ニャンなんてそばに近寄りたがっているっていうようなとき、こっちがちょっと忙しくて無視したそ振りをすると、何となくそれがわかってる感じがします。何か音よりもそ振りっていうんじゃないかな。そ振りっていうのは、ほんとに目で見てて、ああいう格好したとかっていうふうに見てるのかというと、そうじゃなくて、もう少し気分的な何か、何となくかまっちゃいられねえんだみたいな、忙しいんだみたいな、こう気分がそっち向いてないっていうのがわかっちゃうのかなっていう感じがします。ほんとは思い過ごしで、ただ何となく態度が粗々しいとか、冷たいとかっていう感じでわかっちゃうのかもしれません。ただ、声とは限らない気がするんです。もちろん、こらっ、なんて言ってやると、逃げていっちゃいますけどね。野良さんでうちの猫をいじめまくってるのに、食べ物だけはやることにしている猫がいるんですが、ときどきウーッなんてやられると、飛び出して行って、こらあっ、なんていうと、すっ飛んで逃げて行っちゃう。その野良猫はきっと、こらっていう声の調子を感じているのかなともおもうし、わざとガタガタッなんてやるから、それかなともおもいますね。だから声はないことはないんでしょうけど、どうでしょうか。そんなとき怒りの声の調子のせいだとは、ちょっと僕には言えそうもないんですけどね。

犬なんかには芸を教え込むことができるようですが、猫に芸を教え込むことは人に服従しようとしない習性からできないというふうに、ものの本に書いてありました。何か教え込むことができるのでしょうか。

教えにくいんでしょうけど、テレビのコマーシャルでごらんになりませんでしたか。平行棒みたいなので猫がこっちから向こうまで歩いていく。あれはもう教えなきゃ絶対できないとおもいます。前足っていいますか、それで体をもちこたえながら、人間と同じように平行棒を渡って向こうへ行っちゃう。あれ何のCMだったかな、ありましたよ。だから、犬ほど早くないでしょうが、根気よくやれば、できるんじゃないでしょうかね。

再び、猫の「なれ」

今度は、人間の側に立っていくつかお聞きしたいとおもいます。「猫を愛する人間は、この猫のエゴイズムとも考えられる習性に魅力を感じるらしい」と阿部真之助(5)という人が言ってるんですけれども、飼い主の心理ということについて、これは自己幻想的なのか、あるいは対幻想的なのかというのをちょっとかんがえたんですね。読売新聞の短歌の欄がありまして、土屋文明(6)が特選に選んだ歌で、「前の猫と同じ名前をまたつけて同じ毛色の猫をまた飼う」という歌があるんですよね。これ特選らしいんですけども、こういうときの猫を飼っている人の心理ってどういうものかなと。これ歌った人がそのなれとかについても意識しているかどうかはわかりませんけれども、飼い主と猫の関係ということで、どんなことをおかんがえになっているかお聞きしたいんです。

「なれ」というのには「慣」とか「習」とか「馴」、そういういくつかの「なれ」があるでしょ。この「なれ」ともう一つ、つまり、「なれなれしい」という意味で

「狃」がありましょ。それと違うような気がするんですね。「狃れ」というのは、僕は種族の問題のような気がするんです。だから、それはいまの岡田さんの言ったばあいで言えば、猫はなれないからっていう意味合いの「なれ」はたぶんその意味だとおもうんです。だけれど、それにもかかわらず「馴れる」とか「習」とか「慣」の意味だったら、いくらでもなれますよね。「同じ名前をつけて」というのはたぶん、その「前の猫」にものすごく愛着があってかわいがってて、そういう「馴れ」でいえばとてもよく馴れていて、人間化していて、もしかすると人間の代理品、あるいはそれ以上の意味を込めて飼ってたんだろうなとおもいます。そうなってきますと、究極にいえば、猫でも犬でも、家畜を飼うことの本質的な理由につながるのではないでしょうか。こっちがかわいがれば、少なくとも向こうから反抗したり口ごたえしたり、けんかをふっかけたりみたいなことはない。しぐさやその他もかわいいし、いくらでも馴れてくれる。かわいがればかわいがるほど馴れてくれる。そういうのは、動物を飼うことの何か本質的な理由のような気がするんです。うちのなんかそういう感じでおばあさん猫が死んだときに、自分の知人が死んだときよりも、ずっとこっちの方が悲しくショッキングだ、って言ってましたけどね。もっと言いたいのかもしれないけど

（笑）、おまえが死んでもこれほど悲しまないと言いたいのかもしれないけど（笑）。そういうことも含めて、そんな言い方していましたね。つまり、それくらいやっぱりかわいがり、かわいがり方の意味も何か思い込みが深いみたいなことがあるようです。するとやっぱり人間が死んだって、一般論じゃなくて、たとえば離れて住んでいる自分の親しい知人が死んだときよりも、昨日までかわいがっていた猫が死んだ方がずっと悲しくショッキングだっていうことはありうるわけです。とても割り切れないというのか、複雑な気がしますけどね。複雑怪奇な気がしますね。でも、それはたぶん真理っていうのか、真理なような気がしますけどね。嘘つかないならそうなっちゃうということになるような気がするんですね。だから、それ人間と人間の場合だってきっと同じ、非常に極端なこと言って、一時間前まで大げんかしていた夫婦で、それで一時間後に交通事故で死んじゃったら、あまり悲しくないかもしれないなとおもって（笑）。わからないですけどね、そういうことってありうるから、だから非常に複雑ですね。そのような気がしますけどね。

猫の一生ということをかんがえたんです。子猫時代は人なつこくても、成長すると孤独を楽しむかのように自分の家族をさえ無視する。でも、自分の縄張りには強い執着心を持つというふうなところがある。そしたら山本が、女性と似てるんじゃないかと言ったんですけどね（笑）。猫の一生と人間の一生と比べて、猫と人間との違い、あるいは似ているところとか、そんなことをかんがえることがありますか。

いや、やっぱり似ているところあるんじゃないでしょうか。さっきの「狃れ」というのと「馴れ」という、女の人と男の関係でも「馴れ」だったらいくらでも馴れっていうのはありますし、いくらでも親密にはなりうるわけだし、またそういう意味で言うなら、人間と人間、特に人間の男と女っていうものの馴れにまさる馴れってありえないですよ。だけれども、もう一つ「狃れ」の方でいけば、似ているとこあるんじゃないでしょうか。それじゃそんなにまで親密にしたんだから、一年後も五年後もそうなのかといったら、そうじゃないってありえますね。男女間のことだってそうじゃないってところで見ると、やっぱり猫さんも似てる。それでももう一つの方の「馴れ」というか、親密感とか親愛感とかでいえば、人間と人間はもし障害がないと仮定すれば、親密感としてとことんまでいけるんじゃないでしょうか。猫だけじゃないでしょうけど、動物の場合にはそこまでは初めからいかないっていう可能性ではじまるとおもいます。女の人も男もそうなのかなとおもうけど、やっぱり「馴れ」の親密さは、結婚したてというか、恋愛中よりも、十年も二十年もいた方が「馴れ」は深くなる一方だといえるのかどうか。ある意味ではそういう気がします。だから、たとえば仲たがいして、こんなやつもう離婚だというふうに言いながら、なかなかそういかないで、すったもんだするみたいなのは、きっとその十年、二十年の「馴れ」の深さを逆コースでたどるのが大変なんだとおもいます（笑）。いまけんかしているから、だれよりもしゃくにさわるとかいうふうになっているときの、もう知らんというふうになっちゃうときの「なれ」は「狃れ」なんじゃないでしょうか。女の人だけじゃないのかもしれないけど、猫さんもわりと似てるっていうことがありうるんじゃないでしょうか。そんな気はします。

いまのお話はとてもよくわかりました。えーと、この本、けっこう売れているらしくて、スージー・ベッカー[7]の『大事なことはみーんな猫に教わった』っていう本なんですけど。

あ、これ僕持ってました。子供にあげた。これ読みましたよ、ひととおりは。

最初に、谷川俊太郎さんの(8)「訳者まえがき」があって、猫からおそわったことは要するに自分勝手に生きる方法なんだ、「自分勝手に生きて許されるにはどうすればいいのか、猫はそれを教えてくれます」と書いてあるんです。ここに猫の気ままないろんな生態がイラストで描かれているんですが、猫を見ていて自分の日常にフィードバックさせてくるというような、何かそんなことありますか、吉本さんご自身で。

いや、そういうことはないんです。僕はいずれにせよとても簡単なんで、かわいがると何となく違和感なしになれ親しんでくれるというのは、猫じゃなくてもいいんですが、猫との関係が典型的にそれなんで、こっちの勝手、こういう意味の自分勝手じゃなくて、こっちの勝手でもって親密関係を結べるみたいなところがいちばんいいような気がします。猫のことを察してやらなくても親愛感というのは結べるということが、いちばん猫を飼っている意味みたいな気がします。

それはかなり理想的な関係ですね。

そうなんです。僕はそうおもってますけどね。理想的な関係で、もしこれが人間と同じくらい向こうも、何て言いますかね、わかった上でそうしてくれるっていったら、これこそそれほど理想的なことはないんでしょうけど（笑）、そこはやっぱりわかってないんだよなっていう感じです。そこは理想の関係だっていうわけにはいかないところなんでしょうね。そういうことを除けば、わりあい理想の関係でしょう。理想の関係ってつまりエゴイズムということでしょうけど、それを満たしてくれながら、しかも親密関係が結べる。普通にそうじゃないかとおもいます。ごく普通のとおりで、猫から何か教訓を得るみたいなところまでかんがえたことないんです。

まあ、これもかなりこじつけて書いているのかもしれません。いま吉本さんが言われたことは、よくわかりますね。先日、高知の松岡祥男さん[9]から『野性時代』のアンケートをまとめたものをいただいたんです。このなかで吉本さんが、「自分が主人公でやってみたい役は？」という質問に対して、「猫廻しの親方（小道具はネコジャラが一本）」という答え方をされているんですけれども、どうして猫廻しの親方っていうのをやってみたいとおもわれたんでしょうか。

たぶん、その頃チビ猫で、よくじゃれる猫がいたんです。そればっかりやっていた。猫じゃらし[10]がいちばん簡単でいいんです。それでじゃれてくるじゃれ方ってもうこたえられないわけです。猫が無意識にやる動作にしかあらわれない表情とか、背中をそっくり返したりしっぽ立てたりみたいな、そういう体でやってる表情のかわいらしさといいますか、じゃれて向こうも乗ってて、こっちも乗ってるときの猫の動きって、親密感を催させるあらゆる要素がそのなかに出てきちゃう気がします。だからこれで思いどおり向こうを動かせたら、ちょっとこたえられないなっておもったんです。そんなときの猫の体のこなしのなかにあらわれてくるかわいらしさにはすべてが含まれているんじゃないでしょうか。子供のときの遊びでいえば、コマを回しているとかケン玉をやっているとか、そんなときの面白さとものすごく似た面白味みたいな気がするんです。とにかくこっちが夢中になって乗って、それでケン玉の場合は向こうはどうってことないんだけど、猫さんとケン玉をやってる感じで、生きものがあらゆる形をこなしているのを見ながら、こっちの方からすればケン玉やって夢中になっているというのと同じ状態になれるみたいなことですね。猫の思いどおりだけじゃなくて、こっちの思いどおりに動かせるみたいにできたら、ちょっと申し分ないです。残念ながら、ほんとに猫に芸を仕込んだりじぶんではできませんから、猫じゃらしみたいなじゃれる道具でやっても、どうも限界があります。なぜこれ以上の強引なことをさせようとしても乗らないのかという限度はあるような気がするんです。猫じゃらしみたいなのを使ってやったって、だめだなっていう感じはしますからね。だから、何かもっといい手段があって、こっちが動かしたいとおりにちゃんと動かせるようなじゃらし道具があれば、やれるんじゃないかなとおもうんですよ。そしてそれくらい楽しいことないとおもうんですけれど。少なくとも猫じゃらしみたいなのだったら、限度がありますね。

犬の場合はそういう猫じゃらしみたいなものあるんですか。

犬だと何だろう。

何か、ひもとかそういうので遊ぶ。

だから、猫さんわからないとこありますね。猫じゃらしじゃ、じゃらしきれない。

いろんなことかんがえるわけです。猫じゃらしみたいなものの先にマタタビくっつけたらどうだろうか、やるだろうかとか、いろんなことかんがえるんですけど。マタタビっていうのはまた違って、乗るっていうのと酔うっていうのとの違いです。だから、動いちゃくれないんですね。

これもまたものの本を読んでいたら、日本の猫よりも欧米の猫のほうが人なつっこく活発というのは民族的性格の反映じゃないかということが書かれていたんですけども、日本に住んでる猫と向こうの猫って違ったりすることってありましょうかね。そういう環境によって育ち方って変わるんでしょうか。それとも、あまり変わらないものでしょうか。

僕は環境によって変わる部分というのは大した部分じゃないような気がします。猫でも、「馴れ」では日本猫は一〇〇パーセントじゃないですね。たとえば六〇パーセントか七〇パーセントとしますね。それから「狃れ」というものでいきますと、たとえば四〇パーセントだとします。ペルシャ猫みたいなのでは「狃れ」というんだったら、相当パーセンテージは多いんじゃないでしょうか、日本猫よりも。だけれども「馴れ」ということになってくると、日本猫よりももっとだめなんじゃないかなと僕にはおもえますけどね。見ず知らずのペルシャ猫がどっかの家に飼われていて、そこへ初めて行って、猫がいたんで、よしよし、なんていってやったら、完全になれなれしくしますね。日本猫だったらたぶんそうはいかないような気がする。だからそれはもう種族が決まっているんじゃないかな。つまり遺伝子で決まっている部分が大部分で、風俗、習慣とか習性でもってとか、飼ってる人のまして人種とか風俗、習慣で変わる部分ていうのは、これはほんのわずかじゃないでしょうかね。だから猫の種というので大部分のところは決まっちゃうんじゃないでしょうかね。僕はそんな気がしますけどね。

ペルシャ猫とシャム猫の違いで、ペルシャ猫が飼いやすく、なれやすくて、シャム猫は活発ということがあるけど、その違いは、ペルシャ猫は長い毛の猫で、シャム猫は短い毛の猫で、長い毛の猫のほうが飼いやすい、短い毛の猫のほうはそれに比べると活発で、という説もあるらしいんですけど、それもやっぱり種族的な問題に帰しちゃうということでしょうか。

そういう気がしますね。だけども、シャム猫っていうのは僕あんまりわからない。ペルシャ猫っていうのは、確かになれやすいですけども、「馴れ」で言えば、これはそうじゃないような気がしますよ。相当程度なれにくい猫のような気がします。シャム猫はわからないんですけど、これ確か岡田さんとの話でもでたような気がするんだけど、友だちで、シャム猫っていうのは本気になってけんかするんだとか言うやつもいるくらいで、あれは相当生意気な猫って言ったらおかしいですけど、そうですね。ここ出て行って左側へ行ったところに花屋さんがあるんですけど、そこにいるんですね。それからそこのもう少し行くと中華屋さんなんで、そこにもいるとおもうんですけど、外を歩いてるのはよく見るんですが、飼ったことがないから、いわゆる「馴れ」というのはどのくらいなのかというのは、ちょっとわからないです。日本猫はそれを七〇とか六〇とかっていくような気がするんですね。もっと一〇〇というのがあるのかどうかわかりませんけど、いくような気がするけど、なれなれしさでいけばだめじゃないでしょうか。日本猫を飼ってるところにいきなり行って、訪ねて行って、よしよし、なんてやろうとして、やらせてくれる猫もいるでしょうけど、そんなに多くないんじゃないでしょうかね。それから嚙みつかれたりしますからね。僕はわりと猫には自信があるんだけど、谷中の方の本屋さんでいつでもカウンターのところに猫がいるんです。よしよしってやったら、いきなりキャーッなんてやられちゃったことありましたね。そういうふうにやられちゃいますからね。日本猫ですよ。大部分が日本猫で、少しほかのが入ってるみたいな猫なんですけど、いきなりやりますからね。

吉本さんは猫には自信おありだとおもうんですけど、そんなふうにやられると、やっぱり猫ってやっかいだなとおもわれますか。

やっぱり大変だなあっておもいましたね。ほんとの野良猫の場合はよくキャーッてひっかかれたりっていうのあるんですけど、それはもう本屋さんがちゃんと飼ってて、カウンターのところに平気でいる猫なんですけどね。よしよし、なんて、いきなりやられましたね。

ショックとかありますか（笑）。

やっかいですね。これ（スージー・ベッカー『大事なことはみーんな猫に教わった』）、ところどころおもしろいなとおもった。

こっちも勝手にやってて、向こうも勝手にやってて、それで関係がなんとなくうまくいってるという。

そうですね。この人は相当、猫を擬人化して書いていますね。

ええ。それはそうおもいます。それで、たとえば、愛猫家と愛犬家っていうような言い方がありますよね。愛猫家には、女性あるいは文化人、内向的、あるいは、ウェットな人が多いらしくて、それに対して、愛犬家には男性が多かったり政治家が多かったり、外向的なタイプとかドライなタイプが多いというふうな。これも大ざっぱだと思うんですけど、なんでそうなるかというと、その一つは猫の性格として、猫は非社交的であるとか、不遜なところとか貴族的なところがあり、そういう性格を愛するタイプには女性が多かったり文化人が多かったりっていうんですけども、そういうのは関係ないですかね。猫を愛する人と犬を愛する人でタイプが分かれるというのは。

そんな関係ないとおもいます。猫と犬ではあるんじゃないでしょうか、そういう違いが。猫と犬では性格の違いがあるんじゃないかなとおもうんです。だから猫の性格が好きな人は猫が好き、犬の性格が好きな人は犬が好きっていうことは言えそうな気がするんです。こちらの性格とは関係ないですよね。自分と同じ性格の女の人好きっていう人もいるし、反対だから好きだっていう好き方もあるわけですから、こっちの方にあんまり関係ないような気がしますし、僕子供のときから猫好きだったですけど、あんまり文化的じゃなかったですからね（笑）。

こういう言い方もちょっとおかしいとおもうんですけど、ただこういう言い方が出てくる事情もわからないではない。

確かに猫と犬とは違うんじゃないかっていうことはありますね。

猫と犬を同時に飼っている人っていうのもいるんでしょうね。

いるんでしょうね。僕らでももし両方がなれていて、けんかしなければ、飼ったってかまわないなっていう気がします、もういいかげん大人になった猫がいて、それで今度犬を飼うっていうふうにやったら、やっぱり猫の中の何匹かはいやだっていうんで行っちゃうとか、あるいは全部が行っちゃうとかってなりそうですね。だから飼えない。じゃ、両方とも赤ん坊のときから一緒に飼って、一緒にミルク飲ませたりとかやったら、大丈夫な気はするんです。そしたら飼えるんじゃないでしょうか。あれはすごいですからね。猫も、一匹でもそうかもしれないけど、何匹かいると、もうその中の均衡というのは、安定するまではなかなか大変で、安定しちゃうともうそれなりにほかから、つまり縄張り、猫の縄張りがあるでしょう。そこへほかの猫が来るでしょ。そうするとうちの猫なんか見てると、いまは四匹ですけど、四匹いて一応全部かかっていく。入れないようにしますね。だから、それくらい強固なんで、飼い主が違う猫をそこにポッと連れてきたら、もうまた違っちゃうんですね。その中の一匹いなくなっちゃうとかっていうことありうるわけですね。だから一系列の猫、たとえばおばあさんからこう飼ってるというのは大丈夫なんですけど、何かそこに異質な猫が入ってきたときはちょっと大変です。それもおっぱい飲ませるみたいな赤ん坊を拾ってきたのなら、まだ大丈夫なところあるんです。ちょっとでもアンバランスになったら、まるでまた猫の集団の様子が変わっちゃわないといけないんです。そこが大変なところなんじゃないでしょうか。

おばあさん猫、ミーコさんでしたっけ、亡くなったあと、吉本さんちの猫はみなさん元気ですか。

はじめ、元気じゃなかったですね。おばあさん猫直系の子供がいるわけですけど、その猫は何かふだんはそんなに親密にいつでもくっついて歩いてるっていうふうにもえなかったんだけど、おばあさん猫がいなくなっちゃったら、何か何となくさがすみたいなことをやるし、それから何となく何やっていいのかわからんみたいなふうな様子がありましたね。やっぱりおばあさん猫がどっかへ行こうとかいうときには行こうみたいなことがあって、それでぞろぞろぞろぞろくっついていっちゃう、そんなことがあったんでしょうが、やっぱりいなくなったらおかしいなっていう感じで、ずっと家じゅうさがしているみたいです。それから何していいかわからないみたいになってました。この頃はやっとなれたっていう感じです。そしたらだんだん直系の子供がそのおばあさんに似てきたみたいです。おもしろいですね。

注

（1）小原秀雄（一九二七—）動物比較生態学者。六〇年代から、ローレンツ、モリスなど欧米を中心にした新しい動物学研究の紹介に努める。

（2）『試行』一九六一年九月、谷川雁、村上一郎、吉本隆明の三同人で創刊された思想、文学運動の雑誌。一九六四年六月発行の十一号より吉本隆明の単独編集となる。そして、一九九七年十二月、「主宰者の体力が次第に衰え」てきたとして、七十四号をもって終刊された。

（3）「心的現象論」一九六五年十月発行の『試行』十五号に「心的現象論」第一回が掲載される。以後、二十八号まで掲載された総論にあたる部分が『心的現象論序説』（一九七一年、北洋社）としてまとめられた後、各論に相当する論考が『試行』七十四号（終刊号）まで持続的に掲載された。

（4）デズモンド・モリス（一九二八—）イギリスの動物学者。魚類や哺乳類の行動の研究から出発、しだいに人間の動物学的研究へ関心を移す。著書に『裸のサル』など。

（5）阿部真之助（一八八四—一九六四）ジャーナリスト、評論家。

（6）土屋文明（一八九〇—一九九〇）歌人。『アララギ』誌上に文明選歌欄を設け、戦後世代の歌人を育成した。歌集に『山谷集』など。

（7）スージー・ベッカー（一九六二—）アメリカの作家、イラストレーター。

（8）谷川俊太郎（一九三一—）詩人。一九五二年、詩集『二十億光年の孤独』刊行。以後、現代詩の最先端を行く詩人として幅広く活躍。

（9）　松岡祥男（一九五一―）　詩人、評論家。著書に『意識としてのアジア』など。『野性時代』に七九年二月号から八四年三月号まで掲載された「吉本隆明アンケート」は、松岡祥男の編集によって、『思想の基準をめぐって』（深夜叢書社、一九九四年）に収録されている。
（10）　猫じゃらし　エノコログサのこと。犬の尾に似た花穂に猫がよくじゃれることから猫じゃらしという。

Ⅳ

猫のほうはなにかやっぱり受け身のわからなさみたいなのがたくさんあってね。

猫と擬人化

人間と猫とのかかわりなんですけども、ある人に言わせますと、結局、人間というのは猫を擬人化して、人間と同じようにしてつきあっていると。そうやってつきあう以外にないと。つまり、人間というのは動物と関係するときに、やっぱりその動物を自分と同じ人間として扱う以外にないんじゃないかということが言われていまして、結局、擬人主義をとると。また猫は猫で逆の擬猫主義というんですか、つまり、やっぱり人間を同じ猫というふうにみなして、だから相互にそういう誤解というんでしょうか、そういう形でつきあいが成り立っているんじゃないかという説（今泉吉晴『ネコの探求』より）があるんです。この擬人化という問題なんですけども、擬人化という言葉を使いますと、いわゆる科学者なんかの間では、そういうのはちょっとナンセンスというか、評判悪いようなところがあるらしいんですけれども、でも、人間は、猫ちゃん、いらっしゃい、というような形で、あたかも人間とつきあうような形でつきあっているところもあるんじゃないかとおもうんです。このあたりの問題についてはいかがでしょうか。

猫を主人公とした文学作品がありますね。何でもいいですけど、日本でいえば漱石の『吾輩は猫である』、ああいうのは確かに猫を擬人化して描いているわけです。なかなか難しいけれど、なぜそれじゃ漱石が『吾輩は猫である』で猫を擬人化しているかとか、どういう擬人化のさせ方をしているのかというのを言いますと、一つはもちろん飼っている主人公「苦沙弥先生」とかその周辺のお弟子さんたちみたいな、寄り集まっている暇人みたいなのを観察するときには、ほんとに擬人化された猫として観察させています。それからほかのところを観察させるときには、漱石は吾輩である猫を移動する目にしていますね。つまり、どんな狭いところにも入り込んでながめることができるとか、聞き耳を立てることができるという、そういう自在さを設定したいために猫を擬人化しているわけです。文学作品の中の擬人化といっても、作家それぞれで、漱石なんかとても多様にあつかっています。つまり、人間だったらよその家のどっかの部屋で家族が対話していて、それがたとえば「苦沙弥先生」の悪口を言ってるみたいなものをどういうふうに描写するかというと、猫を設定すれば、天井裏とか隣りの部屋にひそんでいて、聞き耳を立てている猫という設定をしても、ちっとも不自然でないわけです。人間だったらそれはできないですよね。だからそういう意味で漱石は猫を擬人化して設定しています。普通の人間しか出てこない小説では、ちょっとこういうことは書けないはずだというようなことを書いてますね。それから、こういう目では見られないはずだみたいな、そういう視線も使っています。だから文学作品の中の擬人化ということでいえば、大変多様な機能で使っているということになるとおもいます。

実生活上でいうと、いまおっしゃったことというのは少し違うと僕はおもいます。人によってなんですけど、典型的にいえば畑さん、ムツゴロウさんの北海道の動物の生態をときどきテレビでやるでしょ。それを見ていると、猫を擬人化しているというんじゃなくて、自分の方が、人間の方が猫化しているというか、そういう次元でつきあっている人が多いですね。畑さんもそうだけど、あそこで一緒に働いている人たちは、ちょっと普通の人が猫を擬人化して、おいでおいでなんて言っている次元とは違うとおもいます。あれはそうじゃなくて、人間の方が猫の次元までおりて、それでつきあっている。そう受け取れますね。ですから、それは一概に擬人化っていうふうに言えないんじゃないでしょうか。僕はそうおもいます。でも、普通の人はそうするよりしようがない、つまり、その程度しかつきあえないから、擬人化して、よしよしみたいにして、自分がかわいがったら猫の方も自分になついて、自分の言うことを聞いてくれて、自分の言うとおり従順に振舞ってくれるとおもって、飼っているわけです。それは人間同士の関係よりも、ずっと猫との関係の方が一方的でといいましょうか、つまり従順で自分に甘えてくれる人間という意味で猫を飼っている。普通の人はそうですけど、ほんとに動物好きの人というか、ほんとに猫好きな人を見ていると、自分が猫の次元までちゃんとおりてといいましょうか、同じ次元のところへいって、やっていますね。そういうやり方の人は、本当に好きな人でいますからね。うちの上の子供なんかもそうです。すぐに畑さんのところへ行ったって通用しそうなつきあい方をします。だからそういう人もあるとおもいます。自分の方が猫化するというか、あるいは動物化するというか、そういうやり方もあると僕はおもうから、猫を擬人化してつきあっている、飼っていると一概には言えない気がします。猫の方はどうなんでしょうかね。

そうですね。それはわからないですけどね。

猫って、僕のところでもずいぶん飼ってきて、いままでも話題に出たわけですけど、でも、まだちょっとわからんなというところありますからね。前にも話しましたけど、僕のところに修理に来た大工さんが飼ってた猫なんて、これ自殺でないかという死に方におもえたようです。引っ越しするときに、引っ越しするのにやっぱり猫捨てていくよりしようがないみたいな話を家族でしていた。そしたらその晩ガタガタ騒ぎだして、それでドタンと落っこったりしていて、それで血出して死んじゃったと話してました。それは偶然かもしれないし、またはほんとに猫は自分の意思で自殺的な行為をしたんだというふうにもおもいます。そうすると猫の方は人間に近いところで人間とつきあっていたということにもなりそうな気がします。そういうこともありうるので、そこらへんちょっと学術的にもわからないんじゃないでしょうか。それほどよくわかっていないとおもう。

岡田さんが今日でおしまいにしようというけど、僕はたとえば日本の動物学者で猫好きでという人の書いたもので、ちっとも新しい知見をうることないですね。僕らの方が知っているとは言わないですけど、でも、ちっとも新しい知見はないです。もちろん外国ではものすごい猫の権威がいるわけでしょうけど、少なくても日本の人だったら、畑さんはもちろん実際的にはよく知っているんでしょう。しかし、畑さんの書いた『猫読本』（文藝春秋、一九八六年）という本がありますけど、それ読んでも別に新しいとおもうことは書いてないですね。たぶん、実際問題としてはもっといろいろよく知っているんでしょうけど、書かれたので見るかぎりはないです。だから、一応だいたい終わりだよ、という感じがしないことはないですね。これからやるとすれば、ちょっと猫の研究といいますか、文献的な研究とかということを含めて、研究ということしないといけないないです。すぐにでも僕がやってみたいことがあるとすれば、猫に発信機みたいなのをくっつけて、こっちで観察して、いまどこいらへんにいるとか、そういうこと知ってみたいですね。そこいらへんのことはよくわからなくて、動物学者より迷い猫を探す商売の人の方がずっとすごいです。見つけたときにどうつかまえるかというのも実にうまいですね。少しずつ近寄っていって、やっぱりエサをおりの一番奥のところに置いといて、ふた開けてジーッと待っている。なかなか辛抱強いつかまえ方していますね。

だから、かえってあの人たちの方がよく知っているとおもうんです。だから、だいたいにおいて猫の習性でちょっとわかりにくいなというところが残るし、わかるところはだいたいわかるなということになっています。猫と人間でもいいし、動物一般と人間でもいいですけど、どこに接点を求めるかといったならば、本来的にいって人間の中にある動物性というんでしょうか、人間の中にある動物性とか動物的器官といいましょうかね。それと、猫あるいは動物一般の本能的習性みたいなものとの間に、ある共通の相互察知がきくということが、コミュニケーションの基礎になるんじゃないかなとおもいます。

先ほど言われた、漱石の、自分の見えないところを見るためのひとつの虚構としての猫というのと、それから擬人化と、あと、自分が猫になっちゃうとかありましたでしょ。吉本さんは猫とつきあうときにそういういくつかの段階を行ったり来たりしているようなつきあいのされ方をしているんでしょうか。

いや、僕は子供のときは何となく猫の気心は全部わかっててとかいう感じでした。自分が猫と同じ次元みたいなふうにつきあっていた気がします。だからしょっちゅう鼻たらしていると、猫がなめてくれたりして、よく親から、おまえは猫に鼻なめてもらってとか何とか、よくからかわれていました。だけどいまは僕とても勝手なそれこそ擬人化した次元でつきあっていて、それでこっちが忙しくなるとほったらかしにしといてというふうにしますからね。ほんとの意味でのつきあいはしてないです。僕は、いまとてもだめですよ。だめなつきあい方ですよ。

そんなこともないでしょうけども。それで、ちょっとはずれちゃうんですけど、いまのお話とちょっと関係するかとおもうんですが、エソロジー[1]、ローレンツ[2]なんかが言ってますよね。エソロジーというのは、人間と動物のかきねを取り除くとか、あるいは人間の行動でも動物の行動でも生物学的に扱うというんですか、そういうかんがえ方らしいんですけれども、たとえば、ローレンツの言葉の中に「どれほど多くの動物的な遺産が人間の中に残っているか」、そういう言葉があるんですよね。そういうことをかんがえている人も最近多いようなんですけれども、どのようにおもわれますか。

本当にかんがえもするし、また実行もすることができれば、可能性はありますよね。成り立つようにおもいます。ただ、本当にそれなりに、本気にならなきゃというか、打ち込まなければ、成り立たんのでしょう。自分の中にある、あるいは人間の中にあるでもいい動物性、精神の働き方の中にもそれから身体的にもありますから、そのところを解放する仕方ができるようなところまでやれれば、成り立つにちがいありません。けれども、社会的問題にはならんだろうなとおもいます。個々人の生活圏の中での問題にすることはできるでしょうが、全地球的にもならんでしょうし、全地域社会的にもならんでしょう。ただ、個々の人間とか個々の家族に動物的生活圏というのがあるとすれば、その圏内での接触だったらば、成り立つような気がします。

僕は子供のときから猫を飼って、親たちもわりに好きで飼っていました。でも、飼っていたというよりも出入りしていたというのが正しいのかもしれないです。うちにしょっちゅう出入りしていたから、猫というのはたとえばいきなり他人の家へ行って、他人の家の生活圏にいる猫に、いきなり初対面で親しくすぐなれるみたいな、一種の経験的な自信みたいなものがありますね。それともう一つ対照的なことを言えば、犬に対しては、僕はどっかでとても恐怖感を与えられたことが子供のときにあったからだとおもうんですが、うちで犬を飼ってたときははじめはこわくて、少しずつなれてきました。だけど本当に、心の底からというふうになれていたかというと、そうじゃなくて、どうしてもいまでも、子供が飼っていて子供がときどき連れてくるワンちゃんと、なれているワンちゃんなんですが、心のどっかで無意識が解放でききれないものがありますね。たぶん、向こうにもちゃんとそういうのはわかっているんじゃないかみたいな感じがします。そういうのをかんがえると、やっぱり犬とか猫とかというものと人間とが了解しあえて交流できるみたいな可能性はあるんじゃないかなと感じます。動物的無意識とか動物的な勘とか感覚とかそういうことで、自分の経験上からいえば、つまり猫に対してはこっちは警戒心を全然持たないでスッとやれる。犬だと警戒心を自分は持たないつもりになっても、何となくここいら辺に解放しきれていない部分みたいなのが残っているというのを感じます。逆にかなりな程度動物的共通性というものがあるんじゃないかなという感じです。それを基礎とすれば、ある程度やれるんじゃないか、成り立ちうるんじゃないでしょうか。

たとえば、「攻撃性」という言葉がありまして、「攻撃性というのはどの動物にも遺伝的に本来あるもので、人間だけにないとは考えられない」というようなことをローレンツは言っています。それを読んでいたとき、この間出されました『甦えるヴェイユ』（ＪＩＣＣ出版局、一九九二年）で、「人間の肉体の本性は動物と共通したもので、めんどりが傷ついためんどりにとびかかって、つつき殺そうとし、猫が病弱な赤ん坊猫を喰べてしまうといったこととおなじ動物的本性をもっていて、弱い者をなお叩きのめすことをしてみたり、他人の不幸をこころのどこかで嬉しがったりする」と吉本さんが書かれていることをおもいだしたんです。この、つまり、

「人間の肉体の本性は動物と共通したもので」という、このあたりについてさらにお聞きしたいんですが。

動物性という言い方をすると、人間はやっとこさ動物が持っている本能的習性みたいなものから離脱したばかりで、自分の中の動物性が引っ張ったり抑制したりしないかぎり、何かかわいそうな、同情すべきことにであったら、ひとりでに助けてあげようみたいな、つまりヒューマニズムみたいなところまで、やっとこさきたということになるんじゃないでしょうか。でも、動物性がなくなっちゃったんじゃなくて、動物性の上に何かを意識的に築いてヒューマニズムみたいなものをつくっているわけだから、逆に動物性がたくさんの引力で引っ張っちゃうと、いくらヒューマニズムなんて口で言ったって、実際には残酷なことをしちゃう。人間の中の動物性が人為的な倫理など引きずり落としちゃう。だから弱者は助けるべきだみたいなかんがえ方ぐらいまでなら達成してますが、動物性がまったくなくなるまで離脱したわけじゃないですから、ふとした瞬間に、動物性が強大なあらわれ方をすれば、建前だけでほんとに動物と同じように、弱者をますますたたきのめしたくなっちゃったとか、建前にころりとだまされたりとかいうことになるんじゃないでしょうか。だから結局いまの段階で、ヒューマニズムみたいなものを建前として前面に押し出してしまうと、しばしば矛盾をおこしたり、逆にヒューマニズムの名のもとに人間を惨殺したりとかってことをやっちゃったりする。いまの人間の段階はそんなところだという言い方もできるんじゃないでしょうか。

　また猫に即してお伺いするんですけど、最近、『人が動物たちと話すには？』という本が出まして、著者のヴィッキー・ハーン[3]という人は犬とか馬のトレーナーをやってる人なんです。詩も書いている人らしいんですけれども、動物とのコミュニケーションについて書かれた本です。この人、アカデミシャンの中では擬人化というのはナンセンスだといわれるけども、トレーナーとしてやったときに、やっぱり擬人化というかそういう形でつきあうのが、正しいとまでは言わなくても、それがほんとうなんだという、それで全編書いている人なんですけれども、その中でいくつか猫のことが書かれていました。たとえば、猫というのは人間の期待に応えなければならない状況に置かれたとき、実験室なんかで研究者が食べてほしいとおもうときには、それを微妙に察知してというか、結局、食べ物を食べなくなるだろうというんですね、拒食症になるというか。あるいは、ここにものをこう置く。すると、猫はまっすぐ来ないで、なにか回り道をしてくると。つまり「人間の期待にまともに応えなければならない状況に置かれた場合」、人間の期待を満足させることは、この人の言葉だと猫の「本分を踏みはずす」ことだというんです。人間が期待しているような脳波みたいなのを感じて、サッとそれに対して、裏切るんじゃないけど、応えないというんですか、そういう「非凡な才能」があるというふうにこの人は書いているんですけれども、こういう言い方をどうおもわれますか。

この人がたいへん擬人化して猫をかんがえているから、そんな理解の仕方になるとおもうんです。猫の方は別に期待に応えるか応えないかで行為しているんじゃないとおもいます。一種の本能的習性で振舞っているので、テレパシーの問題じゃないとおもいます。人間の方はここにエサを置いて、実験上このエサを一〇グラムだけいま食べさせたい。だけど、なかなか寄ってこないことはあるわけですね。動物ってみんなそうだけど、たとえばカラスに何か投げてやると、カラスさんは、ここにエサがあること知っているんだけど、直線的には来ないですね。すこしずつ近くなるよう円周をちぢめていって、エサに到達するように行動しますね。猫もなれていてお腹すいていれば、直接ミャーミャーいって要求します。なれなくてここにエサを置けば少なくとも人間が見てるとか監視してるとかっていうのがわかっているかぎりは、もう絶対近づいてこないし、ちょっと監視してるっていうことを隠れるようにすれば、そのすきにスパーッて取っていって、遠くで食べますよ。なれていない猫は絶対にエサを置いたところで食べることはないですよ。エサをくわえて、すこし遠くへ行って、そこで食べます。なれている猫はもうもちろんこのエサのところで食べますね。もっとなれていると、もうくれくれと言って近よって鳴きますね。それはやっぱり猫の習性によることが多いんです。あいつは俺に強制的に食べさせるんだぞっていう意味でここに近づいてこないで、拒否するような様子をするっていうのは、疑わしい解釈のように僕にはおもえますね。それは猫を相当擬人化させちゃっている解釈ではないでしょうか。ただ、そうだったら先ほどの、引っ越しだから置いていこうかって言ったら、その晩にガタガタやって、それで飛び降りちゃったっていう、それは何なんだっていうことはわからないわけですよ。つまり、そこいら辺までは猫の習性はわかってないとおもいます。だから、もしかするとそのときは、何となく自分は置いていかれるんだぞみたいなことを察知してそうしているのかもしれないんです。そのときはまた別ですよね。それはとてもきわどい問題ですよね。つまり、そこで置いていかれるかいかれないかということは、猫にとって相当きわどい。なれている猫、飼っている猫ですから、きわどい問題です。捨てていこうかいくまいかという人間の方も深刻な問題ですね、つまりそこになってきたら、テレパシーというのは働かないかといったら、ちょっと僕にも何とも言えない。働くような気もする。だけども少なくとも実験で、ここにエサをやって、そこへまっすぐ食べに行かなかった、それをテレパシー的なことで解釈するのは、あまりに擬人的すぎる気がします。

あともうひとつなんですけど、猫恐怖症という人がいるとして、その人はどういう心理の持主かといいますと、猫が人間を見ているというふうにかんがえるわけです。逆に猫に見られたくないという人が猫をこわがる。そういう人がどういうことを言うかというと、あの猫は超然としているというような言い方をするとしたら、それはなぜ超然としていると言えるかといえば、見られていることに、その猫の視線に気づきたくないというか、認めたくないがために、あの猫は超然としているというような言い方をするんじゃないか、というふうに言っているんですよね。で、猫に見られたくない猫恐怖症というひとつのかんがえ方をこの人は出したんですけれども、この点はどういうふうにかんがえられますか。

猫恐怖症といいましょうか、猫が嫌いな人はどこを嫌うのかかんがえるでしょ。猫の種族としての習性に対してのようにおもいますけど。よく講談とか怪談とかそういうのにあるでしょ。つまり、鍋島の猫騒動(4)みたいな、かわいがっている猫が、主人が殺されたらその血をなめて、そして復讐する。執念深くくっついて回って復讐するみたいな、それをまた殺したら化け猫になってあらわれた。そのばあい猫が種族として持っている雰囲気とか、習性とか、性格とかいったものは種族としての性格でしょ。つまり、化け猫になっても執念深くつきまとうっていう話が生まれてしまうみたいな、種族としての性格が嫌いなんじゃないでしょうか。つまり、個々のこの猫は好きこの猫は嫌いというのはもちろんあるわけですが、猫嫌いとか、猫はもう恐怖だという人は、たぶん化け猫になって出てくるという物語が出来てしまうような、一般的性格とか、習性とか、陰々として気心がしれない雰囲気がありますね。それが嫌いだとおもうんです。うちへくる人でも、極端に猫が嫌いな人がいて、僕ら好きで飼っている人にはあんまりあからさまに言えないんだけど、見ていると夢中になってというか、真面目になってヒャーッなんて追っぱらったり、足でゴーンなんて蹴とばしたりして、とにかく追っぱらっていますね。猫の方もパッパ逃げちゃう。恐怖であるのか嫌いであるのかはともかくとして、そういう人がほんとにいて、見てると、自分の方を見られているような感じがして、視線が合うと、すぐもう身構えちゃう。猫の方も身構えて、あるときは早々と逃げちゃう。それから主観的にじぶんは猫は好きなんだっておもってる人で、だけど猫がよりつかないという人がいますね。それで主観的には好きだとおもっているもんだから、抱いてかわいがろうとするんだけど逃げてしまう。それは何なのかよくわからないです。連れてきて抱いたりしようものなら、猫の方がガチガチになって、それですきあらばサーッて逃げちゃう。たぶん無意識にはあんまり好きじゃないということでそれが猫にわかるのかなみたいな感じもするんです。もうほんとに嫌いな人は、じぶんの方から追っぱらって、猫の方も逃げちゃう。ワンちゃんの方には化け犬はなかなかないように、ワンちゃんは一般的な性格の雰囲気がありますよね。やっぱり猫にはそれがあって、そこからくるんじゃないかなという感じです。

そういう、化け猫で考えるというのは、やっぱりその人の無意識か何かが反映しちゃうんでしょうね。

そうでしょう。反映しちゃうってたぶん二色なんだとおもいますね。ほんとに恐怖だとか嫌いだとかでも、敵対する無意識を動物的にちゃんと持っている人っていう意味もあるんでしょうし、そうじゃなくて猫からどっかで傷つけられたみたいな体験があるのかもしれません。大人になってからは大したことはないでしょうけど、子供で小さければ小さいときほど、やっぱり残るでしょうからね。うんと幼いときに傷つけられたら、いちばん残りやすいとおもいます。

猫のわからなさ

よく犬と散歩するというのはありますけども、吉本さんは猫と散歩するとかいうこともされますか。

猫と散歩するのは、一般論としては成り立たないとおもいます。みんなじぶんがかわいがっている猫は、かわいがると向こうの方もなれて寄ってきて、ひざの上で寝転んだり寝たり、寄ってきて鳴いて食べ物を要求したりとかって、あるいはすり寄ってきて甘えたりというのはするから、これはもうじぶんによくなついているっていうのは人間にもわかるとおもうんです。でも、いくらそういう人でも最後の一点で猫は、どういったらいいんでしょう、個々の人間に絶対の信頼感をもって関係を結ぶというふうにおもってないところがあるんじゃないでしょうか。たとえばうちの子供でいいますと、うちの子供が隣りのお寺の中を散歩すると、うちの猫なんかくっついていきますね。見え隠れして、先行ったり後行ったり、先回りしたりして、くっついていきます。そういうことはあります。

そんなら子供くらいかわいがっていると、かならず散歩にくっついてくるかなんていったら、くっついてこないこともありうるし、またもしかするとどこ行っちゃうかわからないことってあるんじゃないでしょうか。犬にはそれはないですね。その人についちゃいますね。本当になれていれば、放したってその人のところにくっついてくるし、またその人の家へ帰ってくるということについては、やっぱりうんとなれている人は絶対の自信を持っているんじゃないでしょうか。猫はそれはできないとおもいますね。だから自分との関係の範囲ではもういかに信頼感を示しても、どっか猫の種族としての習性はそうじゃなくて、横に住んでるといいましょうか、横の関係で住んでるみたいな、そういうところがあるってだれでも知っているから、犬みたいには連れて外へ散歩したりというのはしないんじゃないでしょうか。

じゃ、たとえば、吉本さんがどっかからお帰りになるときに、その路上でおうちの猫と出会うとしますね。そうしたとき猫っていうのは、吉本さんを、あ、うちの飼い主だと認識するんでしょうか。

しますけどね。して、ころりなんて、親愛を示してみたり、そばへ寄ってきたりとか、一緒にくっついてきたりという猫も、うちの五匹のうち二匹ぐらいはそうです。あとの猫は、知っているんだけども、別段寄ってこないとか、一匹なんかは逃げちゃったりします。人の顔見て、知っているのに逃げちゃうのいますよ。そういうのかわいがってないからだっていう面ももちろんあるわけだし、もう一つは何となく種によって違うみたいな、習性が違うみたいな気もします。たとえばペルシャ猫というのは、とても人なつこいから、すぐ甘えたりゴロッと横になったり、すり寄ったり親愛の情を示したりしますけど、そういう意味では、うんとなれてない人間だってペルシャ猫だけは人の家へ行って、よしよしなんてなぜると、ちゃんと親愛感を示しましょう。でもペルシャ猫っていうのは別な意味ではもう絶対に、本当の意味での人間に対する親和感はないですよね。それよりは日本猫みたいなものの方が、なかなか、初対面でどっかの家で飼ってたのがいきなりなつくかどうかわからないんだけど、いったんなついたらそれこそ人が寝てれば、子供のときよくそうだったですが、朝なんか時間がくると手で頭をこう叩いて起こしにきたり、それからひとりでに布団の中へ入ってきたり、そういう意味のきわめて近い親密感を示します。ペルシャ猫は常に普通の通り一遍の意味では親密感を示すけど、どっかでもう絶対にそれ以上はっていうのがありますね。シャム猫みたいなのはまたえばっていましてね、これはなれもしますけども、なかなか一筋縄じゃないみたいなのあります。人間だったら個々の個性っていうふうに言えるところが、猫の場合だったら一種の種族による違いみたいなところで、かなりな程度性格は違いますね。そういうことはあるんじゃないでしょうかね。

猫は目によって判断とかするんでしょうか。

僕はするような気がします。ほんとはよく、学術的にはわかりません。ただするような気がするだけです。それからもう一つはやっぱり耳で、一緒にか、もしかするとそっちの方が鋭敏で、しょっちゅう飼ってる家の人の歩くときの足の歩調とか、そういうのをよく聞いてて、それでもって、あ、これは飼い主だ、飼い主がやってきたとかっていうふうにわかるのかなという気もします。少なくとも耳は鋭敏だとおもいますね。目はちょっとわれわれがかんがえている人間の目と同じようだってかんがえると、もしかすると間違えるぞっていう徴候はしばしばあります。

それで、またおもしろい本（沼田朗『ネコは何を思って顔を洗うのか』）がありまして、この人は猫の専門家じゃないんですけど、猫がとても好きな人らしい。この人も学者先生の本読んで、この先生たちの言ってることもわかるけどどっていうんで、自分でいろいろやってる人なんです。猫は人につかず家につくっていうんですか、そういうのありますよね。そのへんを、この人なんかは、外で猫と会ったときも知らんぷりするというのは、つまり、それは目ですぐ識別できなくて、とにかくその出会ったときの距離とか、あるいは雰囲気、そういうので人間と対している。この人をこの人と認識できる器官は持っていないんだけども、この人との関係というか雰囲気みたいなのを認識できる。耳なんかで認識しているんでしょうけど、だから環境に対してなついて、一対一の人間に対してはなつかないいんじゃないかというようなこと言っているんです。

傾向としては確かにそうじゃないですか。つまり、外でじぶん家《ち》の猫と出会うと、家の中ほど敏感でもないし、中ほど親密感は示さないみたいなことはありますよね。それじゃなぜなのかっていう解釈になるわけですけど、その中にたとえば家みたいなもののにおいとか音とか雰囲気とかっていうのが、狭い範囲では閉じられていれば、敏感に感応してそこはじぶんのなれたところだみたいなことが判断できるけれども、外だとそういう意味の雰囲気とか、においも音も含めて希薄になっているから、それほど鋭敏じゃないんだというふうな解釈というのはできるとおもいます。でも、ほんとにそうかっていったら、そんなこと僕はないとおもいますね。経験的に言えば、そこら辺で会って呼ぶと、ミャーッていって寄ってきてころりんなんていう猫もいますし、それからちゃんと意識して後くっついてくるようなうちの猫もいますし、うちの猫、一匹だけだけど、逃げちゃうのいますね。うちの子供だけにしかなつかないみたいなのいます。それはさまざまな反応はしますけど、意識はちゃんと気がついていると言ったらいいでしょうかね、うちの人だっていうのはわかってるみたいな感じはありますね。そういうことと、耳っていうのはすごいなとおもうのは、僕のいま仕事している本がいっぱいあるところで主として寝起きしている猫がいるんですけど、その猫なんかは僕の机の下のところで寝てるでしょ。そうすると、たとえば玄関にうちの下の子が犬飼ってて、ときどき散歩の途中に寄ったりすると、その犬の足音なのか何か、いつも一緒な下の子の足音か知りませんけど、それ聞くとウーウーなんてうなりはじめちゃって、たちまち目覚ましてどっかへ行っちゃったりしますね。だからすごい。まだドア開けないうちにそうですから、やっぱりこれは相当な、どっちかの足音なのかなとか、この足音にはワンちゃんがくっついてくるという意味でわかるのか、それはわからないけど、とにかく鋭敏なものだなという感じがします。ウーウーなんて姿も何も見てないのにうなりだして、もう逃げてっちゃいますからね。あれおもしろいですね。

それと、動物一般なのかもしれないんですけど、猫と猫が外で出会ったとき、どっちかというと出会いを避けるという、そういう習性があるというんですけど、実際に猫にはそういう性癖ってあるんでしょうか。

一般論みたいなこと言えば、男猫と違う男猫が出会ったときに、出会った箇所がどちらのテリトリーであるかということによるんじゃないですか。もし明らかに相手の男猫がテリトリーを侵犯しようとしているみたいなことになったら、それはけんかがはじまっちゃいますよね。それからこっちの雄猫がテリトリーを形成するほどの威力ないっていうことだったら、やっぱり避けてしまうか。どちらがどう避けるか、向こうが避けるかもしれないし、それはわからないけど、避けてしまうことになるんじゃないでしょうか。もう一つは、こちらが雄猫でこちらが雌猫で、それで出会ったら、たぶん避けないとおもいます。逆に親愛の情を示すんじゃないかなとおもいます。避妊手術しちゃったっていうこともあるわけですが、うちの猫はテリトリーを持って、その界隈の猫のことについて何か起これば、真っ先にとんでゆくというような猫はいないんですよ。うちの猫はみんなそうじゃない。だけれども、たとえばそのテリトリーを侵犯しようとおもって絶えずやってくる猫がいるんですね。強い猫ですよ。それが強いから、うちの猫はいじめられて、やられてキャーなんて言って逃げたりしてますけど、ただ、その猫が二階の窓ガラス、端が切ってあってそこ出入りしているわけですけど、何かそこのそばへ来たり、そこから入ろうとするみたいにすると、いるかぎり総勢でウーッなんてやって追っぱらっちゃう。入れないっていうことはしますね。ほんとにボス、もう死んじゃったんですけど、前の家の猫がこの辺のテリトリーの守り主みたいだったんですけど、それはやっぱり雄猫だったんですけど、絶対的にもうほかは寄せつけないみたいな、そういう頼もしさだったたです。だから、何かテリトリーの問題じゃないでしょうかね、その問題は。

猫の出会いといえば、背中丸めて尾っぽ立てたりとか、いろんな猫の図（二一〇頁図2参照）がありますよね。つまり、攻撃の姿勢と防御の姿勢がそれぞれにウルトラなときが最大の威嚇だっていわれてますけども、そういう猫の、動物としての攻撃と防御が同時にウルトラになるという習性っていうのは、どのようにおかんがえになりますか。

僕はほんとはそれよくわからないです。具体的に言いますと、子供のところの飼い犬とか、僕のところへ来る写真屋さんがよく犬を連れてくるんですけど、それのところに、たまたまでもいいし、こっちがわざとでもいいんですけど、猫を置くでしょ。そうしたらたちまち背中をそらしまして、背中の毛が立って、尾っぽの毛が立っててまいます。そういう姿勢をしますね。つまり逃げるような向かっていくような格好をしますね。そうすると何となく僕の印象は、ワンちゃんがそれに対して飛びかかっていくっていうことは、ほとんど見たことないんですね。いつでもワンちゃんの方が脇によけますね。ほえはするけど、逃げるんですね。いつでもそういうパターンで、だからそれでもってこっちが持つ印象は、猫はたとえば犬と出会ったときにいっぺんにもう必死になっちゃうというか、つまりもう必死になっちゃうみたいな、そういうふうになっちゃうんだけども、犬の方はなかなかそこまでいかない。どうしていかないのかはわかりませんけど、ばかにしてるのかもしれないけど、いかないもんだから、そうだったらやっぱり猫の方が強いですよね。もしそうなってきたら必ずっていうくらい犬の方が逃げますよね。だけどももし犬が本気になったら、たぶん逆に猫の方がやられちゃうだろうなとはおもうんです。それはもう両方とも、何ていいますか、必死になったときの話であって、ふだん偶然とか、あるいはこっちがおもしろがって猫連れてきてこういうふうに置いたりしたときには、猫はいっぺんにもう独特の姿勢でもってウーッてやるでしょ。そしたら犬の方がやっぱり遠慮しますよね。何かそういうの見てると、ああ、こっちはたちまちいっぺんに必死になっちゃったな、断崖を背に身構えたというところへすぐいっちゃうんだなとおもいます。こっちの犬の方はそこまでいけないもんだから、やっぱり逃げちゃうというか、敬遠しちゃうということになってるなと感じます。

一挙に必死になっちゃうというのも、猫の習性なんでしょうか。

そうなんでしょうかね。それともそれは弱いということなのか、弱いからそうなっちゃうということなのかよくわかりません。たとえば猫とネズミが出会ったっていう場合には、どうかということですよね。ネズミの習性はよくわからないけど、猫はもう出会ったら一瞬はそういうように身構えるかもしれないけど、次の瞬間もう追っかけていきますよ。そういうのは犬に対しては示さないですね。もういっぺんに必死になって。じゃ、飛びかかるかっていうと、飛びかかりもしないけど、もう必死の構えをしちゃう気がしますね。犬の方はなかなかそこまではいかないから、ほえてもなかなか近づいていかない感じです。

再びローレンツに言わせると、犬とか猫っていうのは心を病むことがあるっていうんですよね。吉本さんはいろんな猫をごらんになってきて、心を病んだ猫というのを見たことがありますでしょうか。

あるのかもしれないです。うちにときどきご飯を食べに来る野良さんで、何回かやっぱりやってきたときに、ぶっ倒れそうというか、すぐに皮膚病になったりして、いまにも危ないみたいなのを見ていると、やっぱりそういう感じがあります。それから、いまうちに真っ黒な猫が、昔の真っ黒な猫はもう死んじゃったんですけど、お寺の門のところでミャーミャーいいながらふらふらしてた猫がいるんですよね。こちらの推察にすぎないんだけど、たぶんこの猫は、一人でいるマンションかアパートか、一室だけのマンションみたいなところで飼われていて、その飼い主が勤めか何かに行っちゃうと、たぶん鍵を締められて、一日中帰ってくるまでそこにいて、食べ物はキャットフードっていうんですか、出来合いのありますね、それを置かれて、一日中部屋で留守番してたっていう猫じゃないのかという感じでした。その猫はふらふらして死にかかって、うちの子がまた連れてきて、病院に二、三日置いて、それでうちで飼ったわけです。そしたらその猫は、もちろんほかの猫に対しては、つまりうちにもとからいる猫に絶対防御姿勢だけで、もちろん入ってもいかないし、おっかながって防御姿勢だけで、それから台所のところを一度も出ようとしないんですよ。そういうのは見ますけど、それはもしかすると病んでるのかもしれないし、そうじゃなくてもそういう習性を子供のときにつけられちゃったからそうなのかもしれない。とにかく猫はこわがって、そのかわり人間というか、人間にはその日からたいへん人なつっこく振舞うわけです。黒猫というのは一般にそうかもしれないんですけど、そういうふうに振舞うんです。そのかわりほかのうちの猫がしようものなら、たいていはそういうふうにやって好き嫌いで集団をなかなか組まないですから、いやな猫だと敬遠してこもっちゃうんですね。一度はヒャーなんてそういうことやりあってというようなことになるわけです。そこでじぶんの居場所を決めるみたいなのがあるんですけど、そんなどころじゃなくて、その前から猫の顔見るともうその黒猫がおっかながっちゃって、こういうふうにしてるだけでね。それはもしかすると病気っていえるのかなともおもいます。また習性かもしれないような、よくわからないですけどね。野良さんでもありますね。ただ、病気っていうのをどういう意味に取るかっていうことです。うちの猫でも一匹だけ絶対うちの子供にだけしかなつかないという猫いるんですよ。僕なんかは絶対もう逃げていっちゃうみたいな、外で会ったってどうしたって逃げちゃうし、それからほかのテリトリーの猫がやってくると、もうびっくりしちゃって、すぐ屋根裏とかほかの家の縁の下とかに入っちゃって、なかなか帰ってこない。そういう恐怖感を持った猫がいるんです。その猫はここのお寺の中に捨てられて、ほんと生まれたばっかりみたいなとき、ミャーミャーいってたのを、うちの子が拾ってきて育てたんです。それは一種の幼時体験みたいので、孤児でもって雨ざらしされていたみたいなそういう体験がいまもあらわれているのかとおもえます。それをもし病んでるっていうんなら、そういうのはあるようにおもえますけどね。

病んでるって、やっぱりこれもある程度擬人的な解釈なんでしょうか。

そうですね。でも、たとえばこれはほんとに病んでるなとおもえるような振舞いも、猫にあるとおもいます。僕は一度も出会ったことはなくて、うちの猫でそういう猫もいますけど、それはもう少し手前ですね。手前のような気がします。

猫と「なれ」ということでいろいろお聞きしてきて、結局、なれというのはやっぱりどうもわからない、でも、そこがいちばん気になるというお話なんですけども、わからないからやっぱり猫とつきあうというか、そういうことなんでしょうか。

そこまで深くみてないですけど、猫のわからなさっていうのあるんですよね。たぶん犬だってわからないんだろうとおもうんだけど、犬は何かわからないと感じさせないというか、わからないとこっちが感じないように振舞うような気がするんです。でも、ほんとはわからないのかもしれない。

それから犬は、猫よりもっと積極的な気がするんです。猫は化け猫、いじめられてとか主人が殺されたとか、極端にいじめられてそれで化け猫になってとかって、復讐するみたいな物語になるんでしょうけど、犬だってわからないけど、犬の方が積極的で、そういうわからなさを飼い主に感じさせるみたいなことで言えば、たとえば岡田さんの家で飼ってるとするでしょ。そして何か岡田さんが外へ行っておもしろくないことがあって、帰ってきて少し何となくおもしろくないような雰囲気だったら、すぐにもう犬はわかっちゃいますよね。わかって、自分もやっぱりつきあうっていうか、つきあいますよね。それからもっとわからなさ、ほんとかねとおもえることで犬の振舞いで言えば、岡田さんなら岡田さんが病気になって寝込んじゃって、かなり長く寝込んで、それで、あ、治った、っていうようなときに、犬がたとえば岡田さんが治るのと入れかわりに死んじゃったとかというのがあったとします。するとどう解釈するかっていえば、身代わりになったと解釈するわけですよね。ほんとにそうなのかどうかはわからないですが、そうおもわせる振舞いはありますね。ワンちゃんには感じますね。だから、ちょっとわからなさが積極的な気がするんです。猫の方は何かやっぱり受け身のわからなさみたいなのがたくさんあってね。犬の場合は何か積極的な意味でのわからなさがある気がします。

孤独の自由度

いまのお話はよくわかる感じがしますね、犬と猫の違いというか。ちょっと話がそれますが、お聞きしたいことがいくつかあるんです。最近、子供と一緒に暮らさない生活を選択する親がふえてきていますよね。あるいは子供をつくらない夫婦がふえてきたりとか、あるいは結婚しない人がふえてきているとか、こういう傾向があるとおもうんですけども、そういうことの結果として人間は孤独になるのか、それとも孤独を求めているから、子供と一緒に暮らさないとか子供をつくらないとか結婚しないとか、そういうふうになるのか。その前後関係、そういうのをどうおもわれますか。というのは、これから孤独ということがかなり問題になってくるとおもうんですけども、それで癒しとしてのペットというような問題、つまり、人とは暮らさないけれどもペットとは暮らすという、そのへんはどうなんでしょう。つまり、孤独が欲しいからそういう生活を選択するのか、それとも、とにかく無意識にそういう生活を選択しちゃったがために孤独になるんでしょうか。このあたりの心のありようというのはどうなっているんでしょう。

猫を飼うとか犬を飼うとか、動物とどにかくつきあうところから見れば、なぜ動物とつきあうのか、猫とつきあうのかでもいいですが、それは人間の方が親愛感を示すと、猫でも、あるいは犬でも、それに応える親愛感を示しますね。逆に猫でも犬でも、そっちからこうしてくれとか、こうしてくれないとどっかへ行っちゃうとか、そういう意思表示はない、つまり親愛感に感応はちゃんとしてくれるけども、じぶんの方の要求とか欲求は前面に出さない。真っ当なことを言ってそれが犬や猫を飼う主な理由だとおもうんです。人間どうしでは不可能ですからね。そうすると人間の方に何が起こるのかっていったら、じぶんの方は孤独であっても、孤独の自由はじぶんの方にある。しかもじぶんの方が親和感を示せば親和感を返してくれる。そんな存在が、あるという意味になるとおもうんです。で、もしじぶんの孤独ということに自由度があって、相手の方の孤独にもいろんな自由度があって、いくらでも親和感もちゃんと感応があるし、孤独の自由度の限界内でなら、それぞれが孤独であることもできる。そんな自在さがえられれば、もちろん人間の男女の一世代の夫婦も成り立ちますし、また子供ができて子供との間の親和感も成り立つようにおもいます。それがだんだん、ままにならないことになってきた。どちらかがすこしずつ自由度が減っていく。孤独である自由度と、それから親和してる自由度が、ある範囲内に確立されれば、人間の家族が何世代か一緒に住むってこともできるでしょうし、男女が結婚して、親和関係の持続性っていうこともできるけど、いまちょっと危なっかしくなっているということでしょう。なぜ危なっかしくなっているのか、いろんな理由がありましょう。いちばんわかりやすくて、いちばん大したことないといえばそうなのは、男性の孤独と親和感の自由度のところに女の人が従属的でといいますか、受け身で介入しえた時代は、とくに女性が経済的な条件を獲得するにつれて成り立ちにくくなったということです。とても見やすくて、つまらないと言えばつまらない理由の一つはそれじゃないでしょうか。でも、ほんとうをいうとその問題は、じゃ、どういくのだっていう見透しがよくわからなければ、ほんとうの理由はわかりませんよね。いま無意識のうちによくわかっているのは、子供は産まないようにしようとか、親の世話をあんまりしないで自分たちだけで別居してといったことです。つまりできるだけ複雑さを断ち切って、明瞭な孤独の自由度が、どう持続できるか、あるいは持続できないっていう予感だけです。それじゃどういうふうにこれからいくだろうか、どういうことが男女の問題の究極的なイメージだろうか、ということがほんとうの意味でわからなければ、ほんとうの理由はわからないんじゃないでしょうか。いまはやみくもですよ。とくに日本ていうのはそうですね。日本ていうのはここ一、二年の間に飛び抜けちゃったですね。とくに、東京みたいなところを典型にとれば、生涯の合計特殊出生率[5]みたいなのが東京だけとってくると一・四いくらですよね。世界中でいちばん飛び抜けちゃっていますね。つまり、そのくらい出生率が減っちゃって、大体二・一以下になったら、もう人口は減る一方っていわれているわけですから、子供は可能なかぎり持たないというところに日本は急速に入ってるんじゃないですか。ていうことは、ほんとうはよくわからないですね。だれでも簡単につけられる理由はもちろんわかりますけど、だけどほんとうはよくわからないですね。厚生省のお役人は、それは日本の人口が減って老齢化社会に進んじゃって、さあ困るっていうふうに、何とかしなきゃならない問題だって言うかもしれないし、女の人は、冗談じゃない、やっと独立してじぶんらの自由な感性の解放ができるような条件ができつつあるということで、よろこばしいとかんがえている。個々の人はますますいい生活条件を獲得するっていうだけのことで、ちっとも悪くないじゃないかって言ったっていい。いろんな見解が出てくるでしょうが、それはなぜ出てくるかっていえば、その意味がほんとうはよくわからないからです。たぶん両性の精神的な自由度と、孤独の自由度、それから親和性、信頼性がなければ人間は生きていけないんだというのが一方にあって、その調整がつかないから、自由度の枠組が両方とも確定できないのがいまの現況です。現在にいちばん適合する孤独と親和性の自由度の範囲はどこにあるのか、どのぐらいでいいのかっていうことがよくわからないから、わかりやすい動機で動いているということはいえるんじゃないですか。男の人も女の人もわかりやすい動機で動いているっていう、それが結果になって出てきている。

吉本さんのお話を聞いていつも教えられるんですけども、吉本さんは世界とか現在というものを、いつもポジティブに見ようとされているとおもうんです。そういう姿勢にはすごく教えられるんですけど、吉本さんが世界をあるいは現在を、ネガティブに見たくなるとか、ネガティブに見るときっていうのはあるんでしょうか。最後に、僕の単なる個人的な質問なんですけど。

そういうことってあんまりないです。もう人類はだんだん悪い方に行きつつあるみたいな認識を示す人はよくいるわけです。また何か文明の発達みたいなことは、それ自体がもう悪なんだっていう人もいます。どこから悪っていう線を引くのかわかりませんが、現在の日本というのも、世界というのも、先進的な部分は文明の悪の中にますますひたっていくし、そうじゃない部分は貧困と飢えの中にある。不均衡がますますひどくなるだけだ、だからもう人類には希望がないんだというかんがえ方は、あるとおもうんです。そういうのがあるとおもうと、一方ではたとえば、サルトル⑹なんかがそうだったですけど、いま現在の状態は人類にとって絶望的だ、あるいは人間というのは絶望的な存在だみたいな、だけどじぶんは希望は捨てないんだみたいな、そういうかんがえ方もあります。現在の条件を見てゆくと、善でも悪でもないよ、ただ事態はむきだしの本質をみせるようになった。善でも悪でもないけど、現在の条件をできるだけ正確につかまえて、世界は本質としてこうなっているというイメージは、明瞭であればあるほどいいよってかんがえてます。何をいちばんかんがえるかっていったら、善か悪かよりも、本質かそうでないかのイメージをできるだけ明瞭につかまえる。それは明瞭で細かくニュアンスも含めてつかまえられればられるほどいいっていうこと自体は、むきだしの本質であっても、悪でもなければ善でもないです。現在の中核にあるのは、善でも悪でもない、そういう言い方すれば必然がむきだしにしてくる本質が核だと感じます。

注

（1）エソロジー　動物行動学。ローレンツによれば、「ダーウィン以後の近代生物学のあらゆる手法を用いて動物の行動を研究する学問」をいう。

（2）コンラート・Z・ローレンツ（一九〇三―一九八九）　オーストリアの動物学者。魚類、鳥類を主とした動物の行動の研究を行ない、動物行動学（エソロジー）という領域を開拓した。著書に『ソロモンの指環』など。

（3）ヴィッキー・ハーン（一九四六―二〇〇一）　アメリカの作家。犬や馬の調教師の資格を持つ。著書に馬についての詩集二冊など。

（4）猫騒動もの　人形浄瑠璃、歌舞伎狂言の一系統。お家騒動にからめて怪猫の祟りを描くものが多い。江戸時代の佐賀藩成立をめぐる巷説に取材した「鍋島騒動もの」は、三世瀬川如皐作「花埜嵯峨猫魔稿」では、「直島大領直繁が盲目の高山検校と囲碁で争い、検校を殺害したので、検校の飼猫が後室嵯峨の方に化けて夜毎に直繁を苦しめるが、忠臣伊東壮太が嵯峨の方の正体を見破り、撃退する」とされている。なお、日本独特の怪談映画の一種として「化猫映画」の系譜がある。

（5）合計特殊出生率　一人の女性が生涯に産む平均子供数。（二〇一四年では全国一・四二、東京都一・一五）

（6）ジャン＝ポール・サルトル（一九〇五―一九八〇）フランスの作家、哲学者。著書に『嘔吐』『自由への道』『存在と無』など。

猫の部分

猫について経験したことを記せと問われたら、つぎのいくつかのことをはじめに答えることになる。

学童期以前の子どものとき、猫はいつのまにか家に居つき、いつのまにか家から去ってゆく生きものだとおもっていた。たしか一匹の猫が去ってゆくと幾日も経たないうちにまた別の猫が、いつのまにか家にやってきて居つくという具合で、子どものころからと絶えたことがないという印象をもった。可愛がり方はとても親密だった。子どものころほかのがきと一緒で、二本鼻汁を垂らしていて、よく猫になめてもらっていた。親たちからはいつも「きん（子どものとき呼ばれていた仇名）は、猫に鼻汁をなめてもろうとばえ」と半ばからかうように、また親密すぎて汚いと言われていた。その親密さは度外れていたとおもう。兄や姉たちが学校へ行ったあと遊び相手は猫だけだったから、それは親しかった。猫に鼻汁をなめてもらうかわりに、猫の口さきを鼻ごと口のなかに含んでしまう。たしかに汚なすぎるほど親密だった。冬の夜は寝ぶとんのなかに頭でこじあけるように隙間をつくって入ってきたし、そのまえに眠ってしまっていると、前足のひとつで額のところを叩いて、ふとんを開けろと催促した。そして開けてやるとなかにもぐってきて、ごろごろ言いながら眠った。いつどの猫がそうだったのかと言われると困るような気もするが、四歳から六歳くらいまでのころをとくに覚えていてこれを書いているが、どの猫もそうだったといっていいとおもう。この記憶に具象性がないことは当てにならないことだからだとすればその通りだが、どの猫でもそうだったからかえって具象性がないのだと自分ではおもい込んでいる。

子どもごころに漠然と、猫は死ぬときは黙って家を出てしまい、どこかで死ぬのだとおもっていた。親しみ、おなじ水準で鼻汁をなめてもらったり、口や鼻先をなめてあげたり、おなじふとんのなかや掛けぶとんの裾のところで寝てきた猫が、家をさ迷いでてどこかで野垂れ死する姿を想像するとせつない思いにかられた。でも哀しみがそんなにながくつづかないうちに、どこかで前の猫の死をききつけでもしたように、つぎの猫がやってくるような気がした。そしてまたその猫と馴染むことになる。

猫との関係には事件もあった。道路ひとつ隔てた町内有力者の家のすこし底意地の悪い悪童が、おまえんところの猫を川に投げ込んでたぞなどというのを遊び仲間から聞いて、家を出てきたところを待ち伏せてなじり、殴りつけていじめたりしたことがあった。またじぶんでもいたずらをしてひどい失敗をしたこともある。はぜ釣りの竹竿で猫をじゃらしていて、鼻に釣針を引っかけてしまい、父親の手をかりて、とりおさえ、やっとペンチでねじきって針をはずしてもらったことをおぼえている。またどこかで食べものに入れられている鼠とりの毒物を呑みこんできて、弱ったまま生きかえらないこともあった。こんなときは母親に布切れに包んでもらって、河に流しにいった。土を掘って埋めるような余地が家にも、家のまわりにもなかったので、わたしのうちだけではなく、その辺り（新佃島）では水葬がふつうだった気がする。

猫の習性について、子どものとき植えつけられ、ひとりでに馴染んで、またひとりでに出ていってどこかで死んでしまうものだという観念が訂正を強いられたのは、ずいぶんあとになってからだった。その驚きが修正になってこんどの語りになっているといっても、言い過ぎではない。これは子どものわたしが認識不足だった点を修正させられたことでもあるが、どうも猫の方の人間社会での生存の仕方が変化した点もあるような気がしてならない。原因はたぶん人間の飼い猫にたいする接触の仕方の変化からきている。たとえば傷を負ったり、骨折のような怪我をしてきても、膏薬を塗ったり、布で足を縛ったりするくらいが精いっぱいで、たいていは自然放置に近い状態で治癒にもっていった。吐き気や鼻ぐずの状態もたいてい放っておいて自然治癒力にまかせた。現在ではほとんど人間とおなじくらい猫の病状に気をつかい、獣医者にかけ、投薬や注射をやってもらっている。猫のほうもそれに応じて子どものころよりはるかに人間化してきているような気がする。

おまえはなぜ猫を飼うのかと質問をうけると、百人百様の答えがかえってくるにちがいない。わたしがそうきかれたら、子どものときは父母が猫好きでいつも家のなかに居たから、ひとりでに親密になったということだと答えるとおもう。父親が仕事に出かけ、兄や姉が学校へ行ってしまうと、猫は唯一といっていい遊び相手だった。細いひも、ネコジャラシ草などがあれば飽きるまではとびついてくる。疲れれば眠ってしまう。猫は動いている紐やネコジャラシ草の穂先が停止する瞬間、あるいは物蔭にかくれる瞬間に跳びついてくる。そうでないばあいおなじ軌道をぐるぐる廻る運動体のあとを模倣して追っかけるようにじゃれて走る。はじめは猫が智能程度がひくいから、何べんでもおなじような対象のおなじような運動や突然の停止や雲隠れにだまされるのだとおもっていた。動かなければただの紐や草の穂先なのだが動くと生き物にみえる。また動いているものが急に停止したり隠れたりすると、与し易いとおもうのだ、と解釈していた。この解釈はだんだん怪しく感じられるようになった。猫の眼はもしかすると人間の眼とはちがう特異な見え方をするのではないかとおもうようになった。これを確かめた本に接していないし、じぶんで確かめてもいない。この問題は匂いについても言える。猫がマタタビの匂いに敏感に酔い、よほど快いときにしか表現しないような親和の姿態をとることは子どものときは知らなかった。大人になってからは家の飼い猫にマタタビの生のままの実や塩漬けを千切ってやると、性的な酔いのようにみえる姿態をするので、面白がった。また猫はよくカスミ草に嚙みついて花をむしっているが、この嗜好が何によるのかもよくわからない。また、ほとんどの猫が海苔ののべ板のようなものを、少しずつやると好物のように見うけられる。海苔と猫とは縁がなさそうなので、その理由はわからない。

猫はよく人につかずに家につくと言われている。引越しに猫をつれていったことが何回かあるから事実のようにおもえる。一度は引越した家にはじめの一週間か十日くらい閉じこめて、外へは出さずに慣れるように気を配ったので、新しい家に馴染ませることができた。もう一度のときは籠のなかに入れてきつく蓋のあけたてを紐でゆわえていたのだが、引越してきたばかりの家の畳のうえに窓を開けたまま置いていて、物音に驚いた猫がすごい勢いで蓋をおさえていた紐を切って、逃げていってしまった。急いであとを追ったが、もう二度と見つけられなかった。この話で想い出したのだが、猫に逃げられて幾日かは、外出をするとそれとなく猫にあえるかと探す眼つきをしていた。そんなとき、子どもが原っぱで猫の鳴き声がしているのに姿がみえないというので、急いであとをついて原っぱへ行ってみた。よく耳をすますと、たしかに微かな猫の鳴き声がする。それなのに猫はいない。何もいないよ、といって帰ろうとするとまた微かな鳴き声がする。おかしいとおもいながらどうにもならなかったが、はっと気がついて原っぱの草むらをみると掘ったあとがみえる。急いで子どもと土をどけはじめると子猫が生き埋めされていて、眼や鼻に泥がつまっている状態だったが、微かに生きていた。家につれてかえり、眼や鼻の泥土をはらって子どもがスポイトで牛乳を飲ませたりして、一晩介抱をつづけると蘇生したように、体をおこしはじめた。これで何となく逃がしてしまったまえの家からの猫に申しわけが立つような気になった。もちろんちがう猫だったのだが。

猫は人につくのではなく家につくというのは、ほんのすこし言い方がちがうような気がする。人は竪《たて》に親和して住むのに猫は横に親和して住むと言った方がよいのではなかろうか。わたしの家で親和感をしめしている猫が、見知らぬ家でもおなじような親和感をしめしていることがありうる気がする。だから新しく引越した家で逃げられてしまったとしても、どこかでまた親しい家を見つけて暮していることは間違いないとおもえる。ほんのすこし人間の愛惜感と猫の愛惜感とは勘どころが違っている気がするが、猫の人間にしめす愛惜感もほんとうなのだとおもえる。そしてこの勘どころの違いが、あるばあい相互に素っ気なくみえたり、過剰な親和性にみえたりする個所にちがいない。猫はたしかに新しい家に付くまで時間がかかり、うっかりして逃げられたりするが、元の家に逃げ帰るわけではないとおもう。

猫がうまそうにものを喰べはじめるところを、あまり見たことがない。はじめは鼻先を近づけたり離したり、ちょっと喰べてみて散らかしたりして、いかにもまずそうにして、そのうちがつがつと喰べはじめる。みているといかにもまずい食べ物をいやいや喰べているような気がする。この喰べている様子は犬とまるでちがうところで、犬は与えるだけの食べ物はどこまでも平らげてしまうように喰べる。

ほかの飼い易い生き物でもおなじだとおもえるが、猫でもわたしがわたしに気が合うととくに感じる猫とそうでない猫とがいる。これを性格からくる猫の振舞い方が感覚的に好ましいと感じるからなのか。また猫の方からいえばただじぶんを可愛がってくれるということのほかに、その猫にとって好ましい可愛がり方をひとりでにしているということが加わるのだろうか。ここでは猫の感情を擬人化するか人間の感情を擬猫化するほかないようにおもえる。そしてそうする根拠はありそうにおもえる。猫の人間にたいする振舞い方の型ははっきりと種属の違いによる部分がある。たとえば真黒な猫は慣れると親しみの様子をしめすが、温もった柔かい感じはすくない。ペルシャ猫は例外なく初対面でも誰にも柔かい親しみの姿態をしめすが、ほんとうは気位みたいなものがあって、本心ではすこしも人間に慣れることはない。シャム猫は高みがすきではじめてのものに慣れることはない。こういったことは型だとかんがえられる。その奥のほうにはじめて単独をこのむ種としての個性があらわれる。ここで共感が成立つと好きな猫とそれほどでない猫との違いがうまれるような気がする。

先頃テレビで渋谷界隈のノラ猫の生態を観察した映像が放映された。いちばん感動的だったのは、歯が抜け活動的でなくなって一日の大部分を寝ているようになったボス猫が死に場所をもとめて立ち去ってゆく後姿の映像だった。そしていささか物語りめかしてボス猫の去ったあとノラ猫たちは無秩序になり、いじめっ子になって執拗にほかの猫を追いまわす猫を映していた。そして次のボス猫があらわれてメス猫を独占しはじめる。

わが家のあたりのボス猫は前の家の猫のチャーリーだったが、老いて皮膚病と引っかかれ傷で眼のまわりをやられて見るかげもなくなっていたが、貫禄もありたっぷりした性格の持主で立派だったが、最後はわが家の子どもがボール箱にホカロンをおき、布切れを敷いた場所で、しだいに弱り、眠るように死んだ。わたしは猫は死ぬときはどこかわからぬ場所へ立ち去るものだという子どものときの固定観念がやぶられたはじめての経験に感動した。呼んでも微かに反応するだけのチャーリーをなでてみたりしながら別れられたことにも安堵を感じた。

ノラ猫の死にざまに、やはり感動したことがある。雪のつもった翌日、近所で倒れている猫を、近所のおばさんがお宅の猫ではと呼びにきたので、子どもといってみると、うちで餌などやっているノラ猫だった。子どもがボール箱にホカロンを置いてベッドをつくって寝かせると、しばらくしてよろよろ立ちあがって去ろうとする。また連れてきて寝かせるとまたよろよろ立ちあがって出てゆこうとする。この繰返しにみせたノラ猫の死にざま、本性にも感動した。けだし死の環境は生誕の環境と似てくるというのは真ではないかとおもった。

ノラ猫と人間との付き合い方の特性は、一般化していえば猫とその地域の特定の猫好きとの付き合いに還元されるのではないかとおもう。テレビでみた渋谷のノラ猫たちも食べ物を運んでやる特定のおじさん、おばさんが定まった時刻に定まった場所で給食されていた。わたしが通りつけている谷中墓地から上野公園にかけてのノラ猫たちも、時刻をきめて集まっている場所を数ヵ所もっている。たぶん猫好きのおじさん、おばさんが給食してくれる場所と時刻に、たまたま行き合わせているのだとおもう。わたしもときどきそれに便乗しているときがある。ノラ猫の世界はその地域の特定の猫好きとの交渉と接触の世界だが、傾向性としては地域の家屋の軒場や庭や扉の限界を突破して家の内に入りこむことで、地域のすべての住民と交渉し接触することを求めているような気がする。そこまで世界が移動するとノラ猫は家猫、飼い猫、愛玩の猫に転化することになる。

子どものころは知らなかった（気がつかなかった）というべきか、猫はもう老人にちかくなっても、眠った夢うつつに、母親のお腹を両前足で交互にふみながら乳汁を吸ったときの動作を毛製のクッションに顔を埋めてやることが、ときどきある。このときかなり幼児化したいい表情をしている。捨て猫を拾って育てた猫だと、つくづくそうおもう。人間は老人に近くなってからは、そんな夢などみないような気がする。無意識の動作のうちに発散しているからかもしれないし、乳児の夢として結晶するほどの無意識の強さを意識過程のなかに消去してしまっているからかもしれない。

わたしの猫の部分は、いうまでもなくノラ猫から家猫への過程にあるものだ。これは知りあいから猫を譲りうけたばあいでもかわらない。いわゆる血統の正しい名猫を飼ったことはない。また家のなかだけで飼ったこともない。ノラ猫度を測る尺度は、たとえばほうり投げたり、器においたりした餌を、くわえてその場で喰べるか、あるいはくわえたまま遠ざかったところで喰べるか、視えないところまでいって隠れて喰べるか、その遠ざかり方の距離ではかられる。もっとなれれば寄ってきて手からじかに喰べるようになる。もっとなれれば喰べにきて抱いたりなでたりさせる。子どもがノラ猫（ほんとはどこかの飼い猫）の前足の一本をいたずらしてビニール紐できつく結びつけ、血行もままならずビッコをひいていたのを、しだいに餌つけしてなれさせ、とうとうつかまえて紐をきってやることができた。これには知人の猫好きも協力してくれた。紐をきってやると猫はしだいに元気になり、また親愛の情をしめして餌を喰べるようになった。ここまでできたとき、ある達成の感じが慰安を与えてくれる。子どものとき家に居ついた猫は、宮沢賢治の「猫の事務所」の主人公のかま猫の風貌で象徴される。いわば煤気た猫の風貌の好ましさ、性質のよさ、ぼんやりとしているよさだとおもう。いま飼っている猫は、ノラ猫出身といえるものばかりだが、さとく身のこなしがはやいのが大部分だ。赤猫の三吉だけはどってりした子どものときのかま猫のようなよさだ。

おわりに記しておきたいことがある。わが家の猫のうちマグロは、岡田幸文さん、山本かずこさんと猫の話を交わした年月のあとで老齢で死んだ。腎機能が衰え、食事がとれなくなって、ときどき輸液のために入院し、また家に帰るという生活を繰返したが、最後は家で過した方がいいということで、息を引きとるまで、家中で代るがわる看取ることができた。わたしにはあまり馴染がなく二階の娘の部屋から直接外へ遊びに出ては、庭木をのぼってまた直接二階に入ることが多かったが、最後のころは、わたしの机の下や座ぶとんの上で寝たり、たれ流したりした。お蔭で親しみが濃くなってから死別して、よかったとおもっている。まだ重態だが生きていたころ『ねこ新聞』に書いた文章がある。マグロの墓碑銘代りになった。

＊

内猫と外猫

わが家には五匹の猫がいる。四匹はもう十歳をこえて老境といっていい。通称ナマちゃん（ナマコ）、マグちゃん（マグロ）、タロウ、三吉という。このうちタロウはわが家の横の塀の外、つまり駒込・吉祥寺の墓地に捨てられていたのを、上の娘が拾ってきて育てた。三吉は前の家にもらわれていったが、淋しかったのか出戻ってきてしまった。のこり二匹は親猫の代から家付きの猫だ。もう一匹クロちゃんというカラス猫がいる。この猫はまだ三歳くらいで若い。隣のお寺の門のところに捨てられていたのを娘が拾ってきて育てた。この黒いカラス猫は、なぜか猫を怖がって人間には怖がらずに親しさをみせたので、はじめはキッチンの部屋に閉じこめてほかの猫と接しないようにした。なかなかに家付きの猫となじまずに苦労した。本人はほかの猫がくると隠れてしまうし、ほかの猫はこの黒猫を嫌がった。数ヵ月たってやっと黒猫がいることをほかの猫が容認しだしてほっとした。つくづく猫同士の共棲はむつかしいなとおもった。一時は諦めかけたほどだった。いまわたしたち家族がいちばん気にかかっているのは、マグちゃんの病気だ。老齢で仕方ないとも言えるが、膵臓も腎臓も悪く血尿をもらしたりする。近くの獣医さんに輸液をしてもらったり、あまり辛そうに寝てばかりいると入院させたりしている。家のなかが煩わしいのか、よたよたしながらも外に出て、庭木の下や近所の車庫の片隅にいってひとりで寝ている。娘が探しにいって夕方になると連れて帰る。ああ、これはもう死が近いのかなとこころにいつでもひっかかっている。かすかだが、まだトリ肉をすこしとかマグロの刺身をすこし食べたりするので、ほっとしているところがある。昔、国語の教科書で習った土井晩翠の「星落秋風五丈原」という諸葛孔明の死をうたった詩の文句「蜀軍の旗光無く、鼓角(こかく)の音も今しづか。丞相(じょうしょう)病あつかりき」という詩句が、思わず口をついて出てきたりする毎日になっている。

なぜこの詩の文句かというのには、もうひとつわけがある。塀の外、つまりお寺の境内に住みついている野良猫さんが十数匹いて、わが家と裏の家と表通りの中華屋さんとで、ときどき食べ物をあてがって育てているのだが、それがまた子どもを生んで数がふえている。親猫にナマリや焼鳥や中華屋さんの食べのこしをやると、じぶんは喰べずにくわえて子どものところへ運んだりするので、あまりにその様子が健気で、つい食べ物を毎日あてがったりしてきた。きっといまにお寺か墓参りの人から苦情が出てきそうな予感がする。だからできるかぎりひそかにしながらやはり食べ物をやりつづけている。

ところで外猫のうち五、六匹は、わが家のせまい植込みのなかに侵入して、食べ物をねだるようになってきた。子猫、親猫ともに若く元気で、大声で鳴きながらねだるので、何となくひたひたと生命の塊りが攻め寄せてきて、わが家の老猫たちを圧迫し、老猫たちはその勢いにおされてちぢこまっているような感じがするようになった。そこでこちらの方も内の老猫たちに内証で、食べ物を与える気分になっている。とくに病のあついマグちゃんは辛い思いをして、ひたひたと侵入してくる外猫たちを見ているように感じられてきた。だから土井晩翠の「丞相病あつかりき」の詩句がすこし切実な気持で、わたしの記憶のあいだから沸きでてくるのだとおもった。いやもしかするとつぎつぎわが世代の知人、友人の死の報らせを耳にしているので、じぶんの自画像を内猫と外猫の振舞いから感じとっているのかもしれないとおもった。

（『月刊ねこ新聞』一九九四年十一月十二日号より）

図1　翼をひろげると2メートルにもなるオジロワシに野良猫が飛びかかった瞬間。岡山県笠岡市の干拓地で、日本野鳥の会会員の市川昭二氏が撮ったもの。(『朝日新聞』87年5月16日付夕刊掲載。写真／撮影者提供)

図2　ドイツの比較行動学者パウル・ライハウゼンは、猫の攻撃と防御のふたつの欲求に着目して上のような図を考えた。左上はくつろいだとき、右上は攻撃のとき、左下は防御のとき、右下は威嚇のときを、それぞれ表している。

付記

本書は、一九八七年から一九九三年にかけて行なわれたインタヴューをもとに構成されたものです。聞き手の貧しい問いに対して、限りなくゆたかに応えてくださった吉本隆明氏の御寛容に深く感謝いたします。(聞き手は、岡田幸文、山本かずこ)

また、装画を描いてくださったハルノ宵子氏、インタヴューのきっかけをつくってくださった川上春雄氏に心より御礼申し上げます。

なお、巻末の「猫の部分」は、本書のために書きおろされたものです。

このインタヴューに際して、参照した主な文献は次のとおりです。記して、御礼申し上げます。

木村喜久弥『ねこ　その歴史・習性・人間との関係』(法政大学出版局、一九六六年)
コンラート・ローレンツ『人イヌにあう』(小原秀雄訳、至誠堂、一九六六年)
今泉吉典・今泉吉晴『ネコの世界』(平凡社、一九七五年)
日高敏隆『エソロジーはどういう学問か』(思索社、一九七六年)
今泉吉晴『ネコの探求』(平凡社、一九七七年)

平岩米吉『猫の歴史と奇話』(池田書店、一九八五年)
小原秀雄『ネコはなぜ夜中に集会をひらくか　イヌとネコの行動学入門』(花曜社、一九八六年)
デズモンド・モリス『キャット・ウォッチング』(羽田節子訳、平凡社、一九八七年)
コンラート・ローレンツ『ソロモンの指環』(日高敏隆訳、早川書房、一九八七年)
デズモンド・モリス『キャット・ウォッチング Part II』(羽田節子訳、平凡社、一九八八年)
日高敏隆『ネコたちをめぐる世界』(小学館、一九八九年)
『the CAT book　ネコ』(婦人画報社、一九九一年)
マイケル・W・フォックス『ネコのこころがわかる本』(奥野卓司・新妻昭夫・蘇南耀訳、朝日新聞社、一九九一年)
加藤由子『うちの猫にかぎって』(PHP研究所、一九九一年)
スージー・ベッカー『大事なことはみーんな猫に教わった』(谷川俊太郎訳、飛鳥新社、一九九一年)
沼田朗『ネコは何を思って顔を洗うのか』(実業之日本社、一九九二年)
ヴィッキー・ハーン『人が動物たちと話すには?』(川勝彰子・小泉美樹・山下利枝子訳、晶文社、一九九二年)

吉本家の猫――解説にかえて

吉本ばなな

　母のぜんそくがひどかったので、子供の頃は猫を飼えなかった。それでも、両親と姉にはオニーテという猫の思い出があって、よく話を聞いた。新しい家に引っ越したとたんに逃げてしまったのだという。それを話す家族の淋しそうな様子から、猫が猫であるという性質に家族が心を切なくしているということだけはわかった。私にとって猫は、はじめからそういう存在だったかもしれない。

　私が中学生の時、本当にかわいがっていた野良猫のノミ太が死んだ。近所の大ボスで、昼間外で会っても見向きもしないくせに、夜になるとまるで愛人の家にやってきたかのようにベランダに姿を現わし、入れてくれと鳴き、私のふとんで一緒に寝ていくのだった。なにぶん深夜のことで取り締まりようもなかったらしく、やがて父も母も彼の存在をやむなく黙認していたが、なんとなく、ノミ太がきっかけで家には長年なかった猫との生活が戻ってきたような気が、今となってはする。ノミ太はけんかばかりするので、頭に大きな穴が開いて骨が見えていたが生きていた。私はその骨を見ながら寝ていた。当時はまだ野良猫を獣医師さんに見てもらうという時代ではなくって、ノミ太はある春の日に死んだ。私は、親が死んだのかというくらい泣いた。父にはその悲しみようがショックだったらしく、そんなにも悲しいなら動物を飼うのはやめろと言われたくらいだった。私が悲しかったのは、ノミ太の死そのものよりも、絶対に心を開くことないと思われた野良猫が、私の部屋のベランダにある寝床で息をひきとったということだった。猫は死ぬ時姿を消すと思っていたし、野良ならなおさらだと思っていたので、その信頼が悲しかったのだ。あと十分早く帰宅していたら、家の中で看取ってあげられたのに、というくやしさもあった。あの猫のことは忘れられない。初恋の経験がものをいうらしく、以来、私が本当に愛する猫はいつも太っていて不細工で茶色い。

本文にも出てくるミロちゃんは、私が大学の受験をする頃にうちの猫になり、受験日の前日に私のベッドの私の上で寝て、くしゃみをして鼻汁が顔に飛んでくるので何回も起こされ、おかげで（でありますように）受験に落ちた。しかしそんな犠牲はなんでもないほど、すばらしい猫だった。人の言っていることをそうとう理解するくらいに賢くて、存在そのものに敬意を感じさせる、品格のあるたたずまいをしていた。私が家を出てからずっと、交通事故で死ぬまで母や姉の心の友だった。死体は偶然、私が発見してしまった。その時のショックは今も忘れられない。でも、ミロちゃんを溺愛していた母や姉ではなく、私に発見させたことに、神のはからいを感じる。あの人たちがまずあの光景を見たら、もっとショックだったと思う。そしてまだ誰にも見つけられず、他の車にもひかれず、温かい体のうちにたまたま実家に寄ろうと思った私にきれいな姿のまま発見されたことは、せめてもの幸いだったと思う。猫は猫全体がひとつの「猫」というなにかで、いなくなったり死んだりしたらまた猫というものが近くにいればある程度かわりがきくという部分もあるけれど、たまに本物の大物猫がいる。ミロちゃんはそういう猫だった。あれほどの猫にはもう会えないかもしれない。ミロちゃんは、大ボス・チャーリーに幼いうちにみそめられ、早くに子供を産み、孫ができ、その孫たちがすべてこの世を去った今、吉本家の猫は新しい時代を迎えている。私はたまにしか実家に行かないから新しい猫たちのことはよく知らないけれど、いつでも家の中には静かに猫たちがいる。猫同士の血がつながっていないからか、いろいろな顔や模様の猫たちが共存している。猫に子供を産ませて代が替わってゆくのを見ているのは醍醐味だと思うけれど、その痛みも並大抵のことではないのではないかと思う。今は、ほんの少し気楽な状態なのだろうか。他人猫（？）たちがなにかの縁で集い、寄り添っている。

猫の愛情表現は死に方も含めてすべて人間とは異なり予想外のことが多く、気持ちがすれちがった時には大変ショックなものだ。でも最近は、そのショックを含めて、あの、家の中に自分たちとは違う種類の生き物が全く違う優先順位でものごとを決めながら生きているという感覚こそが、猫を飼うということなのかもと思うようになった。犬は、いつもどこかに野性の緊張感はあるものの人づきあいとかなり似ているし、愛情をかけた分、ほぼ人間の意にそう形で必ず返してくれる。しかし猫は必ずしも人間が好む形で愛情を表現するとは限らない。私は今、犬や亀にかまけて猫は飼っていないが、猫のことを思うといつもなんとなく「痛い」感じがする。幼い頃から見てきたおびただしい数の不条理な死のせいだけではなく、猫と人間とはなんとなく切ないものだと思う。幼児体験のせいか、ノミ太との初恋のせいかはわからない。

それにしても、この本の、なんとなく盛り上がらないというか、無理がある感じが、なんとも間が抜けていてよく、妙に味が出ていますね。作っている人たち全員（父を含む）の困った気持ちが伝わってくるようだ。しかし姉のイラストはさすがにうちの猫たちを的確に描いていて、今はもういない猫の生きている時の姿の懐かしさに涙が出た。写真よりも、よほど生々しい。さすが、猫にかじられたりひっかかれたりおしっこをかけられたりし続けた人生だ。さすが自分の部屋の窓をくり抜いて猫出入り口を作ってしまい、真冬はやむなく北風の中で寝ている人だ。そこからよく猫たちが血まみれの鳩とかをくわえてさっそうと姉の枕元に運んできたりするらしい。本文にもありますが、姉は本当に動物のことがわかる希有な才能を持っている。私は姉がたくさんの血や涙を流しながら猫を飼ってきてそのことが父の心をこんなにも潤しているこの本のなりたちを思うと、いかなる血や涙もただ流れるだけではなくなにか豊かなものに注がれているのだとあらためて思った。

その後の吉本隆明と猫

吉本ばなな

　この本の中に出てくる「猫メンバー」がいたときは、私の家の猫ライフがいちばん幸せでいつまでも続くかのように思われた頃ではないだろうか。

　クロちゃんはほんとうに名猫で、家族のだれをも癒していた。私も何回もクロちゃんに優しくしてもらった。

　この後、フランシス子ちゃんやシロミちゃんが登場して、父の晩年を彩ることになる。

　そのことは姉が『それでも猫は出かけていく』という本の中に、すばらしくリアルで美しい絵と共に書いているので、よかったら読んでみてください。

父がもうほとんど歩けなくて家の中をほとんど這うように移動していた時期のある大みそかに、私と夫と子どもが実家に着くと、玄関にものすごい「死」の匂いが立ちこめていた。ケージが置いてあり、具合の悪い半野良ちゃんが入っていた。あまりその家にいない私たちに対してもちろんおびえていたので、あまりのぞき込まずそっとしておいた。

姉が定期的に通院が必要なシロミちゃんを連れて病院に行っている間に、その猫は息をひきとった。父はその汚れて臭い亡骸のことを全くかまうことなく、すぐ近くの床にべたりと座って、ほんとうに優しく力をこめてその猫の頭をぐるぐるっと撫でながら「いい猫さんだった、いい猫さんだった」と言った。

それが私の父と猫との関係の全てだと思えた。

もし父が臭いとか汚いとか少しでも思っていたら、わかったと思う。

もし父が「大みそかだし早くごはんが食べたい」とか「いちおう最期の挨拶をしておこう」くらいの感じだったら、少しがっかりしたと思う。

そうではなかった。父は全身でそこにいたし、猫の死に寄り添っていたし、言葉を捧げていた。
私は今もその場面を大切に抱いている。

二〇一六年二月

本書の原本は一九九五年にミッドナイト・プレスより刊行されました。講談社学術文庫版は一九九八年刊行の河出文庫版を底本とし、著者が故人であるためテクストは底本ママとしています。

吉本隆明（よしもと　たかあき）

1924－2012。東京都生まれ。東京工業大学卒業。詩人，思想家。著書に『言語にとって美とはなにか』『共同幻想論』『最後の親鸞』『初期歌謡論』『真贋』など，詩集『固有時との対話』『転位のための十篇』など多数。現在，『吉本隆明全集』（全38巻・別巻1）が刊行中。

講談社学術文庫

定価はカバーに表示してあります。

なぜ、猫《ねこ》とつきあうのか

吉本隆明《よしもとたかあき》

2016年5月10日　第1刷発行

発行者　鈴木　哲
発行所　株式会社講談社
東京都文京区音羽2-12-21 〒112-8001
電話　編集（03）5395-3512
販売（03）5395-4415
業務（03）5395-3615
装　幀　蟹江征治
印　刷　豊国印刷株式会社
製　本　株式会社国宝社
本文データ制作　講談社デジタル製作部

ISBN978-4-06-292365-1

「講談社学術文庫」の刊行に当たって

これは、学術をポケットに入れることをモットーとして生まれた文庫である。学術は少年の心を養い、成年の心を満たす。その学術がポケットにはいる形で、万人のものになることは、生涯教育をうたう現代の理想である。

こうした考え方は、学術を巨大な城のように見る世間の常識に反するかもしれない。また、一部の人たちからは、学術の権威をおとすものと非難されるかもしれない。しかし、それはいずれも学術の新しい在り方を解しないものといわざるをえない。

学術は、まず魔術への挑戦から始まった。やがて、いわゆる常識をつぎつぎに改めていった。学術の権威は、幾百年、幾千年にわたる、苦しい戦いの成果である。こうしてきずきあげられた城が、一見して近づきがたいものにうつるのは、そのためである。しかし、学術の権威を、その形の上だけで判断してはならない。その生成のあとをかえりみれば、その根は常に人々の生活の中にあった。学術が大きな力たりうるのはそのためであって、生活をはなれた学術は、どこにもない。

開かれた社会といわれる現代にとって、これはまったく自明である。生活と学術との間に、もし距離があるとすれば、何をおいてもこれを埋めねばならない。もしこの距離が形の上の迷信からきているとすれば、その迷信をうち破らねばならぬ。

学術文庫は、内外の迷信を打破し、学術のために新しい天地をひらく意図をもって生まれた。文庫という小さい形と、学術という壮大な城とが、完全に両立するためには、なおいくらかの時を必要とするであろう。しかし、学術をポケットにした社会が、人間の生活にとってより豊かな社会であることは、たしかである。そうした社会の実現のために、文庫の世界に新しいジャンルを加えることができれば幸いである。

一九七六年六月

野間省一